Caroline Quine

Alice écuyère

Traduction
Hélène Commin

Illustrations
Marguerite Sauvage

hachette
JEUNESSE

Alice

Jeune détective de choc, extrêmement perspicace et courageuse pour ses dix-huit ans. Au volant de son cabriolet, elle se lance dans des enquêtes toujours trépidantes... quitte à affronter des adversaires aussi malhonnêtes que dangereux !

Marion

Le garçon manqué de la bande. Avec Bess, c'est la meilleure amie d'Alice... Grande sportive, elle a le goût de l'aventure, et ne dit jamais non à une bonne enquête !

Bess

C'est la cousine de Marion. Gourmande, coquette et aussi un peu timorée, elle finit cependant toujours par suivre ses amies dans les aventures les plus risquées...

James Roy

Le père d'Alice.

Ce célèbre avocat prête souvent main-forte à sa fille dans ses enquêtes... quand ce n'est pas Alice qui l'aide à résoudre les énigmes les plus ardues !

Ned

Lorsqu'il n'est pas retenu par ses épreuves sportives ou par ses cours à l'université, ce beau jeune homme aide les trois amies à résoudre les mystères les plus ténébreux... pour le plus grand plaisir d'Alice !

L'ÉDITION ORIGINALE DE CE ROMAN A PARU
EN LANGUE ANGLAISE CHEZ GROSSET & DUNLAP,
NEW YORK, SOUS LE TITRE :

THE RINGMASTER'S SECRET

Traduction revue par Anne-Laure Estèves.

Hachette Livre, 43, quai de Grenelle, 75015 Paris.

chapitre 1

Le cadeau de tante Élise

— Alice, quand je te vois partir au manège, je ne suis jamais tranquille, s'écrie Sarah.

Devant elle se tient Alice Roy, svelte et gracieuse dans sa culotte de cheval et sa veste cintrée. Comme chaque matin, la jeune fille s'apprête à aller prendre sa leçon d'équitation.

— Qui sait ? La voltige me servira peut-être à résoudre une nouvelle énigme, repartit-elle gaiement. Tu n'as pas de raison de t'inquiéter, je ne suis jamais tombée, continue-t-elle en serrant affectueusement dans ses bras la vieille gouvernante qui l'a élevée tendrement depuis la mort de sa mère, survenue alors qu'elle n'était qu'une enfant. M. Roberto est un professeur tellement...

Comme elle jette un coup d'œil au courrier

déposé sur un guéridon dans l'entrée, elle s'interrompt brusquement et s'exclame :

— C'est la lettre et le colis surprise que j'attendais de New York ! Je t'en ai parlé l'autre jour en recevant la carte de tante Élise. Elle me prévenait qu'elle comptait m'envoyer un cadeau particulièrement original.

La jeune fille décachette la lettre de sa tante et en lit un passage à voix haute :

Le marchand, qui a acheté ce bijou au cours d'un voyage en Europe, m'a dit qu'il appartenait auparavant à une artiste de cirque. C'est une reine qui le lui avait offert. Par la suite, l'artiste a apparemment eu de graves problèmes d'argent et elle a dû se séparer de ce cadeau, mais elle a refusé de révéler son identité à l'acquéreur.

Alors que la jeune lectrice se tait un instant, Sarah soupire :

— Telle que je te connais, tu vas te mettre à la recherche de cette artiste. C'est une seconde nature chez toi de secourir les autres...

Modeste par nature, Alice rougit. Pourtant, ses talents de détective sont célèbres dans tout River City, la ville où elle réside avec son père, avocat de grand renom. Poussée par sa générosité et son intuition inégalables, elle a déjà résolu de nombreuses énigmes et ainsi aidé bien des gens dans le besoin.

Pour cacher sa gêne, elle commence à enlever les nombreuses épaisseurs de papier de soie qui entourent le cadeau. Bientôt, elle dégage un bracelet d'or ravissant.

— Regarde toutes ces pendeloques ! s'émerveille-t-elle. Chacune représente un cheval. Une, deux, trois, quatre... il y en a cinq ! Il devait même y en avoir six à l'origine ; on distingue l'anneau auquel la sixième était fixée. Dommage qu'elle n'y soit plus...

— Ce n'est pas très grave, le bracelet est très joli comme ça, la réconforte la gouvernante.

La jeune fille passe le bijou à son poignet et tend le bras à hauteur de ses yeux pour juger de l'effet. Les pendeloques brillent à la lumière ; chacun des chevaux a une attitude différente, mais tous sont naturels et gracieux.

— Je me demande comment était la sixième, murmure Alice d'un ton rêveur. Il n'existe que cinq allures, et chacune de ces pendeloques en représente une. Cela dit, celle qui manque n'a peut-être rien à voir avec un cheval...

Tournant et retournant le bijou dans tous les sens, la jeune détective continue à l'examiner dans l'espoir de déceler un indice. Il ne porte aucune initiale, et la simple arabesque qui l'orne ne semble renfermer aucun secret.

Soudain, les yeux de la jeune fille se mettent à pétiller et elle claque des doigts.

— J'ai une idée ! s'écrie-t-elle. Je vais poser quelques questions à M. Roberto ce matin. Il saura peut-être quelque chose, puisqu'il a appartenu pendant plusieurs années à la troupe du cirque Sim.

— Il aurait mieux fait d'y rester plutôt que de venir installer cette école d'équitation ici, marmonne Sarah. Au moins, tu n'aurais pas appris à monter sans selle ni à sauter sur le dos d'un cheval au galop ni à...

— Moi, j'adore ça ! la coupe Alice en riant. Au fait, tu es au courant que le cirque Sim doit justement venir à River City ? Je crois qu'il arrive demain soir.

— Non, demain matin, la contredit une voix d'enfant derrière elles.

La gouvernante et sa protégée se retournent, surprises. Un petit garçon de cinq à six ans s'avance vers elles. C'est Teddy Parker, leur jeune voisin, qui arrive par le jardin. Il a des yeux bleus, une tignasse rousse et la figure couverte de taches de rousseur.

— D'ailleurs, je te rappelle, Alice, continue-t-il, que tu as promis de m'emmener voir les roulottes et le montage des tentes. On doit visiter la ménagerie aussi !

— Je m'en souviens très bien. Je passerai te prendre demain matin à cinq heures. C'est très tôt, tu crois que tu pourras te lever ? plaisante la jeune fille en pinçant le nez de Teddy.

— Et comment ! À demain, cinq heures !

Le petit garçon se sauve aussi vite qu'il est venu. Alice lance alors à Sarah :

— Je pars à ma leçon ! Je rentrerai de bonne heure.

— Promets-moi d'être prudente !

— Mais, oui, je ferai attention, ne t'inquiète pas !

Alice embrasse la vieille femme et, quelques instants plus tard, elle quitte le centre-ville au volant de son cabriolet bleu. Ses cheveux blonds volent au vent en cette belle matinée d'été, et elle a le sourire aux lèvres. Pourtant, elle ne peut s'empêcher de penser à l'artiste de cirque dont sa tante lui a raconté l'histoire. Et elle se demande ce qui a bien pu la pousser à se séparer de son bracelet...

Quelques minutes plus tard, elle gare sa voiture dans l'allée qui mène au manège, puis se dirige vers le bureau de M. Roberto, le propriétaire. Jimmy, le palefrenier, accueille la jeune fille d'un air froid, comme à son habitude. En réalité, Alice n'a jamais vu un sourire éclairer sa longue figure triste.

— Le patron n'est pas là, marmonne-t-il.

— Il doit revenir bientôt ? l'interroge la jeune fille.

— Comment voulez-vous que je le sache ? grommelle l'homme.

Et pointant soudain l'index vers son interlocutrice, il ajoute :

— Je vais vous donner un bon conseil : ne mettez plus les pieds ici et n'essayez pas de faire de la voltige comme une écuyère de cirque, ce sera plus prudent !

— Je prends seulement des leçons de dressage et de haute école, se défend Alice.

— Dès qu'un élève est un peu doué, M. Roberto veut lui apprendre des acrobaties : il ne pense qu'au cirque, lui ! Mais je vous le répète, arrêtez ça tout de suite !

Les yeux de l'homme flambent de colère.

— Les gens qui ne connaissent rien au cirque n'ont pas le droit d'imiter les vrais enfants de la balle ! continue Jimmy en hurlant, et je vous jure que...

Il s'arrête net en voyant M. Roberto approcher. Sans l'attendre, le palefrenier tourne les talons, annonçant à Alice qu'il va lui amener

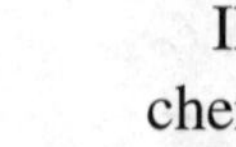

son cheval. La jeune fille va à la rencontre du maître de manège.

— Bonjour, mademoiselle, l'accueille celui-ci en souriant. Excusez-moi de vous avoir fait attendre.

— Ce n'est rien, répond la jeune fille. J'ai discuté avec Jimmy. Il n'a pas l'air de très bonne humeur ce matin.

— C'est sûrement à cause de l'arrivée du cirque Sim, avance M. Roberto. Il y a travaillé un certain temps, mais il a été renvoyé et ne s'en remet pas. Il a beau raconter à tout le monde qu'il ne retournera pour rien au monde sous le chapiteau, je suis persuadé qu'il ne pourra pas résister à la tentation. En tout cas, moi, j'ai bien l'intention d'assister au spectacle. J'ai très envie de découvrir les nouveaux numéros et je serai heureux de revoir certains de mes vieux amis.

Alice et son professeur se dirigent alors vers le manège. Ils arrivent en même temps que Jimmy, qui amène Mirabelle, la jument grise que la jeune fille monte habituellement. Celle-ci caresse doucement l'encolure de la bête et la jument appuie en retour la tête contre l'épaule de sa cavalière.

Avec enthousiasme, la jeune fille se met en selle et commence à effectuer le tour de la piste au pas. Puis M. Roberto commande :

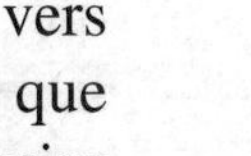

— Au trot !

Instinctivement, Alice laisse Mirabelle faire quelques foulées sans changer d'attitude, puis elle l'amène progressivement à modifier son allure. Le maître de manège a un sourire de satisfaction devant la tenue parfaite et la grâce de son élève.

Une demi-heure plus tard, la cavalière et sa monture sont prêtes pour les exercices de voltige. Jimmy reçoit l'ordre d'enlever la selle. Il obéit en jetant un regard furieux à la cavalière. Comme il lui passe les rênes, il remarque tout à coup le bracelet que la jeune fille porte au poignet et le fixe avec étonnement.

Mais la jeune fille ne s'aperçoit de rien et remonte à cheval. Cette fois, une simple couverture est posée sur le dos de l'animal. Alice donne une légère tape sur le flanc de Mirabelle, qui prend un petit galop assez lent. La cavalière se met alors debout sur le dos de sa monture et fait ainsi deux tours de piste. Comme elle aborde le troisième, elle croit discerner une forme tapie sur le sol, derrière la palissade qui entoure la piste.

Au même instant, une pierre vole et touche Mirabelle en pleine tête. La jument se cabre brusquement et la jeune fille est projetée à terre !

chapitre 2

Au manège

Horrifié, M. Roberto se précipite vers son élève, qui reste étendue sur le sol.

— Alice ! s'écrie-t-il, s'agenouillant auprès d'elle. Vous êtes blessée ?

La jeune fille secoue la tête et s'assied avec difficulté. Au bout de quelques secondes, elle se relève, aidée par le maître de manège. Sans plus se préoccuper d'elle-même, elle demande des nouvelles de sa monture :

— Et Mirabelle ? Comment va-t-elle ?

— Vous êtes très pâle, s'inquiète M. Roberto. Venez vous reposer un peu sur les gradins ; je vais vous apporter quelque chose à boire.

Cependant, la jument n'est plus sur la piste, et sa cavalière insiste pour savoir ce qu'elle est devenue :

— Où est Mirabelle ? Est-ce qu'elle va bien ?

— J'avoue que je me suis d'abord inquiété de votre sort, répond le professeur. Je vais aller vérifier.

Alice réussit à sourire.

— J'ai vu quelqu'un lancer une pierre à la tête de Mirabelle tout à l'heure ; j'ai peur qu'elle ne soit blessée...

Le maître de manège regarde la jeune fille, bouche bée.

— Comment ? Vous avez vu quelqu'un lancer une pierre ? répète-t-il.

La jeune détective hoche la tête et reprend :

— Un homme était caché derrière la palissade et il a jeté une pierre. Regardez, elle est là, par terre.

M. Roberto ramasse le gros caillou que la jeune fille lui désigne.

— Maintenant, je comprends votre inquiétude au sujet de Mirabelle, murmure-t-il. Il faut qu'on tire cette affaire au clair. Vous avez reconnu cet homme ?

— Je n'ai pas distingué son visage, déplore la jeune détective.

— Jimmy ! Viens ici ! crie le maître de manège.

Le palefrenier apparaît alors que M. Roberto l'appelle pour la troisième fois.

— Tu étais dans les parages quand Mlle Roy est tombée ? demande le patron de l'école d'équitation.

— Non, monsieur.

— Est-ce que tu as vu quelqu'un rôder derrière la palissade ?

— Non plus.

— Où est Mirabelle ? Elle est revenue dans son box ?

— Oui. Elle a l'air très nerveuse. Je n'arrive pas à la calmer.

À cet instant, Alice remarque que Jimmy porte un chapeau comme l'homme qu'elle a aperçu. Bien plus : sa veste est couverte de poussière, comme s'il venait de se traîner par terre. Les soupçons de la jeune détective s'éveillent aussitôt et elle essaie de calculer si le palefrenier a eu le temps de contourner la palissade et de quitter la salle de manège pour regagner les écuries avant de répondre à l'appel de M. Roberto. Se tournant vers le maître de manège, elle l'interroge :

— Je suis restée évanouie combien de temps ?

— Vingt ou trente secondes au plus.

« Jimmy aurait donc bien eu le temps de

s'éclipser, juge-t-elle. Et comme par hasard, il paraît tout essoufflé maintenant... »

La jeune fille s'adresse alors brusquement au palefrenier :

— D'où vient cette poussière sur votre veste ?

Au lieu de répondre, l'homme déclare :

— Vous êtes détective, il paraît... Aussi, il vaut mieux que je vous dise la vérité. Tout à l'heure, en revenant vers la salle de manège pour vous regarder, j'ai entrevu un homme à plat ventre derrière la palissade : il a lancé quelque chose sur vous. Quand je vous ai vue tomber, j'ai essayé de courir après lui, mais j'ai trébuché et je me suis étalé de tout mon long. Et après, je n'ai pas eu le temps de brosser ma veste !

— Qui était cet homme ? Vous le connaissez ? intervient M. Roberto.

Jimmy assure qu'il n'a pas pu distinguer les traits du personnage. Puis il ajoute :

— Je suis content que vous alliez bien, mademoiselle.

Sur ces mots, il tourne les talons et regagne les écuries. Alice, que les explications du palefrenier n'ont pas du tout convaincue, reste persuadée qu'il est bel et bien le coupable. Mais

pourquoi a-t-il essayé de provoquer cet accident ?

« Il faudra que je l'aie à l'œil », songe-t-elle.

Maintenant tout à fait remise de sa chute, la jeune fille se sent prête à reprendre ses exercices, à condition que la jument soit en état de le faire. Le maître de manège hésite un instant puis accepte. Il croit en effet qu'un cavalier doit toujours se remettre en selle aussitôt après une chute.

À sa demande, Jimmy ramène donc Mirabelle. Les naseaux de la bête portent la trace d'une blessure, mais la jument ne semble pas en souffrir.

— Tu as envie de reprendre la leçon ? chuchote Alice, passant le bras autour de l'encolure de Mirabelle.

En guise de réponse, celle-ci s'avance sur la piste, puis attend sa cavalière. La jeune fille recommence donc son entraînement, mais cette fois elle effectue plusieurs tours au petit galop avant de passer aux exercices d'équilibre, debout sur sa monture.

« C'est étrange, j'ai l'impression qu'on m'observe encore », pense-t-elle, en s'efforçant de réprimer sa nervosité.

Cependant, au moment où elle aborde un nouveau tour de piste, elle a la certitude de voir de nouveau quelque chose bouger derrière la palissade. Son cœur se met à battre à tout rompre ; prise de panique, la cavalière envisage de sauter à terre. À cet instant précis, deux jeunes filles escaladent la palissade en riant.

— Bess, Marion ! s'écrie Alice avec soulagement. Quelle surprise !

Elle dirige aussitôt Mirabelle vers ses amies, qui viennent de sauter dans l'arène. Bess est une jolie blonde aux yeux bleus, un peu rondelette. Elle tient à la main un bloc-notes et un crayon.

— Arrête-toi, Alice, et ne bouge plus ! ordonne-t-elle.

La cavalière reste quelques instants immobile, tandis que son amie esquisse un croquis rapide, et que Marion caresse le flan de Mirabelle. Bess Taylor et Marion Webb sont cousines et aussi différentes l'une de l'autre qu'il est possible de l'imaginer. Alors que la première est gourmande et coquette, Marion, mince et vive, a l'allure sportive et porte des cheveux bruns coupés très court.

— Quelle belle jument, s'enthousiasme cette dernière. Tu as l'intention de l'acheter, Alice ?

— M. Roberto ne s'en séparerait pour rien au monde, assure la jeune fille.

— Montre-nous ce que tu as appris, Alice, lance Marion.

— Oui, bonne idée, renchérit Bess. Et je ferai des croquis !

— C'est d'accord, accepte Alice. Mais dis-moi, Bess, depuis quand est-ce que tu t'es lancée dans le dessin ?

— Ce matin même ! répond la jeune fille en riant.

— Avant que je commence, les filles, j'ai quelque chose à vous demander, reprend la jeune cavalière. Vous n'avez vu rôder personne près du manège ?

Elle leur raconte alors l'incident survenu un peu plus tôt. Aucune des deux n'a aperçu qui que ce soit, mais l'intrépide Marion offre sans hésiter de monter la garde pendant que son amie pratiquera ses exercices.

La jeune fille reprend son entraînement. Les deux cousines restent ébahies devant l'adresse de l'écuyère. Sous la direction de M. Roberto, elle exécute plusieurs acrobaties, debout sur Mirabelle, alors que celle-ci parcourt le tour de la piste au petit galop.

— C'est incroyable ! On jurerait que tu as passé toute ta vie dans un cirque ! s'exclame Marion, enthousiaste. Quand je pense que tu nous avais caché ce talent !

— Comment avez-vous appris que je prenais des leçons d'équitation ? interroge Alice.

— Par Sarah, explique Bess. Si tu savais comme elle s'inquiète pour toi !

— J'ai beau lui promettre à chaque fois d'être prudente, rien n'y fait !

La jeune fille présente ses amies à M. Roberto, puis elle évoque le bracelet que sa tante Élise lui a envoyé. Elle en profite pour demander au maître de manège s'il a entendu parler d'un bijou de ce genre qu'une reine aurait offert autrefois à une artiste de cirque pour lui témoigner son admiration.

— Ça me dit quelque chose, admet M. Roberto.

Il réfléchit un moment.

— Je ne me souviens pas très bien, mais il me semble que cette histoire était liée à une disparition mystérieuse. En revanche, je serais incapable de me souvenir si ça concernait le bracelet, sa propriétaire, ou la personne qui l'avait offert.

Là-dessus, il appelle Jimmy et l'interroge à son tour. Le palefrenier répond d'un ton bourru :

— Oui, on m'a raconté cette histoire de bracelet à pendeloques. C'était à l'époque où j'étais au cirque Sim...

— Vous vous rappelez qui vous en a parlé ? questionne Alice.

L'homme hausse les épaules.

— Vous savez ce que c'est, dans les cirques : on entend raconter toutes sortes de choses !

La jeune détective est un peu déçue des réponses des deux hommes. Pourtant, elle ne perd pas l'espoir d'en apprendre davantage car elle a bien l'intention de poursuivre son enquête parmi la troupe du cirque Sim.

« Avec un peu de chance, j'aurai la clef de l'énigme dès demain ! » se dit-elle.

chapitre 3

Le cirque Sim

Impatiente à cette idée, la jeune fille n'a aucun mal à se lever très tôt le lendemain. À cinq heures, lorsqu'elle se présente chez les Parker, Teddy l'attend, assis sur les marches du perron. Tous deux se mettent aussitôt en route pour le terrain où doit s'installer le cirque Sim.

Quand ils arrivent sur les lieux, Alice n'en revient pas : c'est à croire que tous les enfants de River City se sont donné le mot pour venir voir décharger le matériel et monter le chapiteau ! Le personnel du cirque accepte leur présence et leurs allées et venues avec bonne humeur. Il faut dire qu'ils ont l'habitude de provoquer partout la curiosité des enfants.

La jeune fille a toutes les peines du monde à retenir Teddy auprès d'elle. De peur de le perdre de vue, elle finit par ne plus lâcher sa main, courant avec lui partout où il lui prend la fantaisie de se précipiter.

Enfin, elle parvient à souffler un peu lorsque l'enfant s'arrête, médusé, devant la tente où les éléphants boivent. Un garçon de ménagerie lui tend un seau en lui proposant de faire boire lui-même Jumbo, le plus gros des éléphants. Teddy, fou de joie, s'exécute avec empressement.

Au même instant, une voix appelle Alice. C'est celle de Marion, qui escorte son petit neveu. Les deux jeunes filles échangent quelques mots, puis la jeune détective se retourne vers Teddy. Celui-ci a disparu !

— Où est-il passé ? s'alarme la jeune fille.

Elle regarde parmi les groupes qui flânent aux alentours et, à son grand soulagement, elle aperçoit le petit garçon aux cheveux roux.

Comme elle accourt vers lui, elle s'arrête, frappée d'horreur : une énorme pièce de bois chargée sur un camion s'est mise à glisser et menace de tomber sur le petit garçon !

— Teddy ! hurle Alice. Sauve-toi !

L'espace d'un instant, Teddy semble ne pas comprendre alors que la pièce de bois, en équilibre instable au bord du chargement, menace de s'abattre sur lui !

— Teddy ! répète Alice d'une voix stridente. Va-t-en de là, vite !

Cette fois, l'enfant obéit. Dans un fracas épouvantable, le bois tombe à l'endroit même où Teddy se tenait encore une fraction de seconde plus tôt. Le petit garçon court vers Alice qui s'élance vers lui et le serre dans ses bras à l'étouffer. Le cœur de la jeune fille bat à coups précipités.

— Teddy, tu m'as fait une de ces peurs ! souffle-t-elle, émue.

— Je suis désolé, je vais rester à côté de toi maintenant, promet l'enfant, tout penaud.

Pendant tout le reste de leur promenade autour des roulottes et des tentes, le petit garçon ne lâche pas la main d'Alice. Il y a tant de choses à voir : la ménagerie, les chevaux et puis la grande tente, qui abrite le réfectoire réservé au personnel du cirque. Teddy, émerveillé, ne cesse de pousser des exclamations enthousiastes.

— Ça sent bon ! Tu crois qu'on peut déjeuner ici ? demande-t-il à son accompagnatrice.

— Non. Ici, c'est seulement pour les gens de la troupe.

— Alors, je vais me contenter d'un morceau de nougat et d'une saucisse grillée, décide

Teddy. Il y en a toujours à vendre dans les cirques !

La jeune fille réplique en souriant que les petites baraques ne sont pas encore ouvertes. Cependant, le petit garçon a tellement faim qu'Alice a beaucoup de mal à l'empêcher de se glisser dans la tente réfectoire. Comme il se tient à l'entrée, dévorant des yeux la longue rangée de réchauds devant lesquels les cuisiniers s'affairent, un homme les bouscule et écarte brutalement Teddy de son chemin. Très grand, les cheveux d'un noir d'encre et les yeux brillant d'un éclat dur, son visage est barré d'une longue moustache, et sur son poignet gauche s'étale un superbe tatouage bleu et rouge.

— Je parie que c'est un clown ! s'écrie Teddy.

L'homme s'arrête net et lance un regard furieux au petit garçon. Celui-ci se réfugie derrière Alice, qui tente de l'excuser, mais l'homme ne veut rien entendre.

— Allez-vous-en ! L'accès du réfectoire est interdit au public. Ah ! si ça ne tenait qu'à moi, je n'autoriserais personne à se promener autour du cirque avant l'heure fixée pour les représentations !

— Je suis désolé, monsieur, bredouille Teddy, en larmes.

Alice emmène le petit garçon plus loin. Elle lui tapote doucement l'épaule en lui assurant qu'il ne doit plus avoir peur. Comme, à ce moment, une femme souriante passe, les bras chargés de costumes, la jeune fille l'interpelle pour lui demander quelques renseignements sur l'homme à la moustache.

— C'est M. Karl, notre maître de cérémonie, celui qu'on appelle Monsieur Loyal, déclare la femme.

— Qu'est-ce que ça veut dire ? s'étonne Teddy.

— Eh bien, il annonce les numéros au public, explique la femme en souriant. Avant, il s'occupait des chevaux, mais maintenant, il est pour ainsi dire le maître du cirque.

— En tout cas, il a l'air de détester tout le monde..., reprend lc petit garçon.

— Je ne sais pas pourquoi il est comme ça, murmure la femme, songeuse. Mais j'ai toujours pensé qu'il n'avait pas l'air heureux.

— Il appartient à la troupe depuis longtemps ? intervient la jeune détective.

— Plusieurs années, répond la jeune femme.

— À votre avis, où est-ce que je peux trouver M. Sim ?

— Il accompagne rarement le cirque dans ses tournées. Personne ne l'a vu depuis plusieurs semaines. M. Karl le remplace.

La jeune détective remercie la costumière pour son obligeance et s'éloigne avec Teddy.

— Il faut rentrer maintenant, annonce-t-elle. Je commence à avoir faim, moi aussi. Allons déjeuner et, si tu veux, je reviendrai te chercher à neuf heures pour voir la parade.

— Génial ! s'écrie Teddy, enthousiasmé.

Une demi-heure plus tard, en arrivant chez elle, la jeune fille trouve Sarah en train de préparer le petit déjeuner. Celle-ci lui annonce que son père a téléphoné.

— Il était très déçu de ne pouvoir te parler, explique-t-elle. Il va devoir rester absent un peu plus longtemps que prévu.

La fille de l'avocat prend un air songeur. Son père lui manque beaucoup quand ses obligations professionnelles le retiennent en dehors de la ville. Elle aime discuter avec lui de certaines affaires difficiles et cherche souvent conseil auprès de lui au cours de ses enquêtes.

À neuf heures, Alice et son petit voisin se dirigent ensemble vers la grande avenue de River City où la parade du cirque Sim doit passer. Ils se fraient tant bien que mal un passage à travers la foule qui s'amasse pour admirer le spectacle, et finissent par s'installer à l'angle d'une rue, d'où ils ont une vue parfaite sur l'avenue.

Quelques minutes plus tard, ils entendent une fanfare. Et bientôt les musiciens apparaissent. Teddy se met à battre des mains en trépignant de joie, tandis que la musique résonne de plus en plus fort. Soudain, comme le cortège arrive à la hauteur d'Alice et du petit garçon, l'un des trompettistes se tourne vers celui-ci en lançant une note si retentissante que Teddy se bouche les oreilles. Une fois la surprise passée, il éclate de rire.

— Tiens, voici les éléphants, signale Alice.

Des hommes sont installés à califourchon sur le dos des pachydermes, tandis que les femmes marchent à droite et à gauche. De temps en temps, l'une d'elles s'assied sur la trompe relevée de l'animal et s'y tient quelques instants, balancée au pas de sa monture, avant de sauter à terre.

— Que ça doit être drôle de faire ça ! s'émerveille Teddy, qui ouvre des yeux ronds. Regarde, Alice, voilà Cendrillon dans un carrosse tout doré !

— C'est Lolita, l'étoile de la troupe, explique la jeune fille, après avoir consulté un tract offert au passage par l'un des membres de la parade. C'est une trapéziste exceptionnelle d'après ce que je viens de lire.

La voiture défile, tirée par quatre chevaux blancs. Lolita salue et envoie des baisers à la foule qui applaudit. Toutefois, aucun sourire n'effleure ses lèvres.

— Pourquoi est-ce qu'elle a l'air si triste ? questionne Teddy.

— C'est justement ce que je me demande, murmure Alice.

Comme la voiture s'éloigne, le cortège s'immobilise brusquement. Avant que la jeune fille puisse l'en empêcher, Teddy prend ses jambes à son cou et rejoint le carrosse. Il ouvre la portière, puis saute à l'intérieur. Après un moment de surprise, Alice se lance à sa poursuite.

Cependant, le visage de l'artiste s'est éclairé en voyant apparaître le petit garçon. Elle passe son bras autour de ses épaules et dit à Alice qui veut faire sortir Teddy :

— Laissez-le, s'il vous plaît. Personne n'avait encore jamais eu l'idée de faire ça. Ce petit bonhomme a une sacrée audace !

Avant de refermer la porte du carrosse, Alice répond en souriant :

— Dès que vous voudrez qu'il descende, prévenez-moi. Je vais suivre la voiture.

De son côté, l'enfant observe Cendrillon d'un air soucieux.

— Dis, madame, pourquoi tu as l'air si malheureuse ? la questionne-t-il.

— Tu trouves que j'ai l'air triste ? repartit l'artiste, feignant l'étonnement.

Puis elle ajoute :

— Tu connais l'histoire de Cendrillon, je suppose. Elle était malheureuse d'avoir perdu son Prince Charmant ; c'est peut-être pour la même raison que je suis triste, moi aussi...

Le petit garçon, qui ne comprend pas très bien le sens de ces paroles, est tellement heureux d'être dans le carrosse qu'il ne tarde pas à se lever pour imiter Lolita et saluer à la ronde comme elle. Beaucoup de gens en concluent qu'il appartient à la troupe.

Tout à coup, Alice entend un bruit de galop et, en se retournant, elle voit arriver M. Karl. Elle a tout juste le temps de monter sur le trottoir pour ne pas être renversée.

« Comment M. Sim peut-il laisser la direction de sa troupe à un homme aussi désagréable ? », s'interroge-t-elle.

Le maître de cérémonie s'arrête à la hauteur du carrosse. Il se penche par la fenêtre ouverte de la portière et empoigne Teddy.

— Qu'est-ce que tu fabriques là, sale garnement ? gronde-t-il. Tu veux me ridiculiser et ruiner mon cirque ?

Puis il saisit l'enfant par le col de sa veste et, sans le moindre ménagement, le jette sur le trottoir. Alice tente de lui expliquer que Lolita a autorisé Teddy à rester auprès d'elle, mais M. Karl repart déjà au galop. Cependant, la parade continue, et il y a tant de choses à regarder, cavaliers, clowns, acrobates et dresseurs, que la jeune fille et son petit compagnon ont vite oublié l'incident.

Tous les deux se font une joie d'assister à la représentation de l'après-midi et ils arrivent au cirque de bonne heure. La jeune fille porte une jolie robe de toile bleue et elle a mis à son poignet le bracelet de sa tante Élise. Bess et Marion, accompagnées de leur neveu, rejoignent Alice et Teddy. Ils s'installent dans une loge en bordure de la piste.

La représentation débute par une nouvelle parade. Ensuite, sept clowns entrent en scène en faisant des cabrioles sur la piste. L'un d'eux, vêtu de guenilles, exécute plusieurs tours très drôles. Un autre est déguisé en paysan et porte une barbe rouge qui lui tombe sur les genoux. Il la relève souvent pour chatouiller les oreilles d'une vache à l'allure aussi étrange que comique, car elle est en réalité animée par deux clowns. Le cinquième clown est enfermé dans une sorte de tonneau et il culbute et roule sur le sol à toute vitesse exactement à la manière d'une barrique livrée à elle-même sur une pente.

Les deux derniers sont des Pierrots. L'un transporte une grande échelle qu'il plante sur la piste non loin de l'endroit où Alice et ses compagnons se trouvent. Puis il la maintient solidement tandis que son camarade commence à y grimper. Lorsque celui-ci a atteint le dernier barreau, le premier clown lâche brusquement l'échelle et se dirige vers les coulisses sans plus de façons.

Tous les spectateurs poussent un cri d'effroi, mais, à leur grande surprise, le clown perché en l'air conserve son équilibre. Il oscille adroitement, tout son corps formant balancier. Sous le chapiteau, chacun retient son souffle alors que le clown progresse lentement vers le bas de l'échelle. Lorsqu'il touche terre sans avoir perdu l'équilibre un seul instant, il fait le tour de la piste pour accueillir les bravos.

Comme il s'incline devant la loge occupée par Alice, une expression de surprise s'imprime sur son visage. Il fixe son bracelet.

— Où avez-vous acheté ça, mademoiselle ? murmure-t-il.

Avant que la jeune fille puisse répondre, la

fanfare se met à jouer. Le clown n'a que le temps de jeter ces quelques mots à la jeune détective :

— Il faut que je vous voie après la représentation. Je m'appelle Pedro. Attendez-moi près de la cage aux lions !

chapitre 4

Les confidences de Pedro

Sur ces mots, le clown s'écarte vivement de la loge.

— Pedro ! s'écrie Alice. Dites-moi...

Mais l'homme ne répond pas, car à ce moment un coup de sifflet rappelle tous les clowns dans les coulisses. Plusieurs numéros se succèdent ensuite, mais la jeune fille ne parvient qu'avec peine à fixer son attention sur la piste.

« Alors, songe-t-elle avec excitation, ce que m'a écrit tante Élise au sujet de mon bracelet n'est pas une légende. Il y a bel et bien un mystère ! »

Puis M. Karl paraît en habit noir et redingote rouge, coiffé d'un chapeau haut de forme. Il s'avance au centre de la scène.

— Mesdames et messieurs, proclame-t-il,

vous allez voir le numéro le plus dangereux, le plus extraordinaire du monde ! Lolita, notre Cendrillon, va rencontrer son prince dans les airs et danser avec lui. Mais quand minuit sonnera, cette brève idylle devra s'achever. Mesdames et messieurs, regardez bien ce spectacle unique au monde ! Voici Lolita !

Comme le maître de cérémonie se retire, les projecteurs éclairent brusquement un minuscule carrosse que deux chevaux tirent autour de la piste. Lolita y est assise, telle une fée dans sa longue robe blanche pailletée de strass et d'argent.

Un tonnerre d'applaudissements retentit sous le chapiteau tandis que les garçons de piste détachent les chevaux, fixent le carrosse à des câbles et que Cendrillon s'élève lentement dans les airs. Lorsque l'ascension se termine, elle se lève, laisse glisser sa robe et apparaît, mince et gracieuse, en costume de satin blanc. Puis, quittant son carrosse, elle prend pied sur une petite plate-forme accrochée sous les toiles.

D'autres projecteurs s'allument, et le public découvre quatre jeunes hommes en tenue d'acrobate, qui se tiennent sur d'autres plates-formes. Souriante, Lolita les regarde voler vers elle à tour de rôle, suspendus à leur trapèze. Mais lorsqu'ils viennent l'un après l'autre s'agenouiller devant elle pour lui demander sa main, Cendrillon secoue la tête, et ils repartent au loin, emportés par leur trapèze.

Elle reste là, seule, découragée, lorsqu'un beau prince surgit à son côté, resplendissant dans son costume d'argent. Ils échangent un sourire, suivi d'un baiser.

— C'est le Prince Charmant ! s'émerveille Bess comme une enfant.

Mais ses compagnes l'entendent à peine. Elles ne quittent pas des yeux la scène qui se déroule à présent sous leurs yeux. Au rythme d'une valse, Cendrillon s'élance, seule sur son trapèze, puis elle rejoint son prince. Tous deux repartent ensemble et se balancent dans les airs. La jeune fille exécute alors de nouveaux exercices, de plus en plus difficiles, de plus en plus téméraires. Enfin, lorsqu'elle revient pour la troisième fois sur sa plate-forme, elle accorde sa main au prince qui l'attend.

C'est alors qu'un gong retentit. Dans les bras de son prince, Cendrillon rêve. Au quatrième coup, elle sursaute et tente d'échapper à l'étreinte du jeune homme. Celui-ci la retient. L'heure continue à sonner... Dix... onze... douze !

Au dernier coup de gong, Cendrillon s'élance vers son carrosse. Mais, à sa place, elle ne trouve qu'une pauvre citrouille. Alors, d'un mouvement imperceptible, la jeune fille retire son costume de satin, et apparaît soudain en haillons.

— Pauvre Cendrillon ! se désole Teddy. Dis, Alice, est-ce que le prince... ?

L'enfant s'interrompt brusquement, le regard fixé sur Lolita. Alors que celle-ci s'apprête à monter dans son carrosse redevenu citrouille, elle perd soudain l'équilibre et chute dans le filet !

Il y a un instant de silence stupéfait, alors que le public se demande si cet incident fait partie du numéro. Bientôt, pourtant, des cris d'alarme s'élèvent, car Lolita ne bouge plus, recroquevillée sur elle-même.

— Oh, bredouille Teddy, désemparé. Est-ce qu'elle est...

— Je crois qu'elle s'est évanouie, chuchote Alice, espérant qu'il n'y a rien de plus grave.

Le personnel du cirque sort des coulisses en trombe. Au premier rang se trouve Pedro, qui se précipite au secours de la trapéziste. Cependant, M. Karl surgit à son tour et, renvoyant tout le monde d'un geste impérieux, il s'avance sous le filet. D'une voix sèche, il s'adresse à Lolita, assez haut pour que la jeune détective puisse distinguer ses paroles :

— Arrête de jouer la comédie et lève-toi, commande-t-il. Tu nous ridiculises et tu gâches la représentation. Descends et salue le public !

Alice se penche vers Bess, qui semble paralysée d'effroi, et saisit les jumelles que la jeune fille tient sur ses genoux. Elle peut ainsi voir Lolita ouvrir les yeux, le visage blanc comme un linge. Pedro, bravant l'interdiction de M. Karl, tend le bras et, à travers les mailles du filet, il caresse doucement la joue de la jeune fille.

— Laisse-la tranquille, gronde M. Karl. Et file !

Le clown dévisage le maître de cérémonie, les yeux noirs de colère, et il ne bouge pas d'un pouce, réconfortant Lolita à voix basse. Alors, M. Karl se jette sur lui et, l'empoignant par le col de son costume de Pierrot, il l'envoie rouler jusqu'à la banquette qui entoure la piste. Puis, se retournant vers la trapéziste, il ordonne :

— Lève-toi maintenant !

Cette fois, l'artiste obéit. Elle se redresse avec lenteur et s'avance vers le bord du filet. Là, l'un des acrobates l'aide à descendre. Lorsqu'elle pose le pied sur le sol, elle salue le public, qui l'applaudit à tout rompre, mais Alice devine sans peine qu'elle ne tient debout que par un miracle de volonté.

Dès que l'acrobate a regagné les coulisses, M. Karl reparaît sur la piste.

— Ainsi, reprend-il, Cendrillon a perdu son Prince Charmant. Mais pas pour longtemps ! Si vous voulez voir comment le prince la retrouvera grâce à sa pantoufle de vair, venez à la représentation de ce soir ! Et maintenant, place aux lions !

Alors que les fauves entrent en piste, guidés par les dresseurs, Marion se penche vers Alice.

— À ton avis, qu'est-ce qu'il s'est passé ? chuchote-t-elle.

— Je n'en ai pas la moindre idée, souffle la jeune détective. Je demanderai à Pedro s'il sait quelque chose tout à l'heure.

Le spectacle continue pendant encore une demi-heure et s'achève sur un brillant numéro de voltige équestre. La foule applaudit avec enthousiasme puis se dirige vers la sortie. Une fois dehors, Alice prie Marion de ramener Teddy chez lui. De son côté, elle se dirige sans plus attendre vers la cage aux lions, comme Pedro l'y a invitée.

Dans sa cage, le lion Titus va et vient inlassablement.

« Quel animal magnifique, songe Alice, si seulement il n'avait pas l'air si cruel ! Ses yeux me rappellent ceux de M. Karl ! »

Pedro arrive quelques secondes plus tard auprès de la jeune fille. Le clown semble mal à l'aise, presque effrayé.

— Je vais faire vite, murmure-t-il, parce que les visiteurs n'ont pas le droit de venir ici. Si M. Karl me trouve en train de discuter avec vous, il est capable de me renvoyer. Et ça ne doit arriver à aucun prix...

— On peut peut-être aller ailleurs, propose la jeune détective.

— Non, non, proteste le clown. Écoutez, voilà ce que je voulais vous dire : Lolita porte une petite pendeloque d'or suspendue à une chaîne. Elle représente un cheval et ressemble beaucoup à celles de votre bracelet. En passant près de vous tout à l'heure, j'ai remarqué que l'une des vôtres a disparu, et Lolita m'a raconté un jour que la sienne provenait d'un bijou plus important.

— Il faut absolument que je voie ce collier ! s'exclame Alice. Vous pouvez m'amener auprès de Lolita ?

Le clown secoue la tête :

— Personne ne doit la déranger avant la représentation du soir, soupire-t-il. Nous sommes obligés de rester sur nos gardes, à cause de M. Karl. Je ne voudrais pas qu'il se mette en colère contre Lolita.

— Vous avez raison, reconnaît la jeune détective. S'il vous plaît, continuez votre histoire.

Pedro explique alors que la trapéziste est la fille adoptive de M. et de Mme Karl. Ils l'ont recueillie à l'âge de huit ans.

— Lolita et les Karl ont toujours vécu dans un cirque ? interroge Alice.

Le clown fait un signe de la tête.

— Je pense, oui, répond-il. Les vrais parents de Lolita étaient des trapézistes célèbres. C'étaient des voltigeurs extraordinaires, paraît-il.

— Comment s'appelaient-ils ?

— John et Lola Flanders. Personnellement, je ne les ai pas connus. On m'a raconté qu'ils se sont tués au cours d'un numéro de trapèze volant, en Europe, alors que Lolita était enfant. C'est à ce moment-là que les Karl l'ont ramenée avec eux aux États-Unis.

— Vous savez si les Flanders avaient commencé à lui apprendre leur métier ?

— Oui, affirme le clown. Mais, après leur mort, elle a continué à prendre des leçons avec d'autres artistes.

Un sourire passe sur son visage et il ajoute :

— Lolita est la meilleure trapéziste que j'aie jamais vue... Mais, à mon avis, son père adoptif a tort de la surmener. Il ne pense qu'à l'argent qu'elle lui rapporte !

— Il m'a semblé plutôt autoritaire, observe la jeune fille.

— C'est bien pire que ça. M. Karl est tyrannique, cruel, et je me méfie de lui !

Là-dessus, le clown a un grand geste de la main, comme pour chasser le maître de cérémonie de ses pensées. Il change brusquement de sujet, sans que la jeune détective ait le temps de lui demander les raisons de sa méfiance.

— Pour en revenir à cette pendeloque... La mère de Lolita lui a offert la sienne pour ses cinq ans. Mais c'était il y a treize ans. La ressemblance entre celle-ci et votre bracelet est sûrement une simple coïncidence.

Alice raconte alors rapidement ce qu'elle sait des origines du bijou.

— Le marchand qui l'a vendu à ma tante l'avait acheté en Europe. Et il a vaguement fait allusion à une histoire mystérieuse. Apparemment, ce bracelet appartenait à une artiste de cirque, qui aurait été obligée de s'en séparer.

Pedro regarde son interlocutrice avec stupéfaction.

— C'est très intéressant, convient-il. Je suis persuadé depuis longtemps qu'il existe un secret entre les Karl et Lolita. Pourtant, à chaque fois que j'ai essayé de lui en parler, elle a paru terrifiée et m'a supplié de ne plus aborder ce sujet.

Soudain, l'homme tressaille et il jette ces mots à la hâte :

— Attention, voici M. Karl ! Vite, partez avant qu'il ne vous voie !

chapitre 5

La détresse de Lolita

Sans perdre une seconde, le clown s'enfuit, vif comme l'éclair. Quant à Alice, elle décide de ne pas s'esquiver et d'affronter M. Karl pour avoir des nouvelles de Lolita. Cependant, au lieu de se diriger vers elle, le maître de cérémonie pénètre brusquement sous une tente voisine. Lorsque la jeune fille s'en approche et jette un coup d'œil à l'intérieur, il n'y a déjà plus personne.

« Tant pis, j'irai à la représentation de ce soir, se dit-elle. Ça me donnera peut-être l'occasion de rencontrer Lolita. » Soudain, elle se rappelle qu'elle doit retrouver le soir même son ami d'enfance, Ned Nickerson. « Je vais lui proposer de venir au cirque, songe-t-elle. Je suis sûre que ça l'amusera. »

À dix-neuf heures, Ned sonne chez les Roy. Alice lui montre le bracelet offert par sa tante Élise et lui en raconte l'histoire. Elle ne peut s'empêcher de mentionner la pendeloque perdue et le mystère qu'elle soupçonne à ce sujet. Puis, elle l'invite à l'accompagner au cirque.

— Avec plaisir, accepte-t-il avec entrain. Mais j'espère que tu ne t'intéresseras pas seulement aux clowns et aux acrobates et que tu trouveras le temps de me parler !

Le jeune homme a raison de la taquiner : combien de fois Alice ne l'a-t-elle pas obligé à bouleverser le programme de leurs sorties pour l'entraîner dans ces affaires mystérieuses qui la passionnent ?

— Lolita est une trapéziste extraordinaire, observe Alice comme ils arrivent en vue du chapiteau.

— Je brûle d'impatience, déclare Ned tout en se dirigeant vers le guichet de vente de billets. Deux fauteuils de premier rang et face à l'entrée de la piste, si possible, demande le jeune homme à l'employée.

— Je suis désolée, monsieur, répond celle-ci, mais tout est pris. Il ne me reste même pas de places debout.

Alice reste quelques secondes indécise. Puis, une idée lui traverse l'esprit et elle s'approche à son tour du guichet, armée de son plus beau sourire.

— Est-ce qu'on ne pourrait pas au moins pénétrer dans l'enceinte pour jeter un coup d'œil à la ménagerie et aux roulottes ? tente-t-elle, pleine d'espoir.

La caissière réfléchit un instant.

— Bon, c'est d'accord, finit-elle par dire. Attendez un instant.

Elle appelle l'employé qui contrôle les billets et l'informe qu'il peut laisser entrer les deux jeunes gens.

— Et maintenant, qu'est-ce qu'on fait ? hésite Ned. Tout le cirque, artistes, animaux et personnel, va disparaître dans quelques minutes pour participer à la parade. Il ne nous restera plus rien à voir !

— Pour ne rien te cacher, j'ai l'intention de débuter mon enquête sur-le-champ ! lance avec malice la jeune détective. Pour commencer, je dois parler à Lolita.

Elle aborde alors un clown qui achève de présenter des tours de cartes à un groupe de badauds.

— Est-ce que vous pouvez m'indiquer la loge de Lolita, s'il vous plaît ? questionne-t-elle.

Mais l'homme se dérobe :

— Je n'ai pas le droit.

La jeune détective ne baisse pas les bras et interpelle une dame qui, assise sur une estrade non loin de là, est occupée à plier un costume. La jeune fille lui répète sa question.

— Désolée, je ne peux pas vous répondre, s'excuse la femme. M. Karl a interdit qu'on donne le moindre renseignement à qui que ce soit.

Alice comprend cette fois qu'il lui faudra découvrir Lolita sans l'aide de personne. Elle laisse Ned en contemplation devant les prouesses d'un avaleur de feu et part à la découverte. Elle visite une première rangée de tentes, puis une seconde. Mais rien ne signale que Lolita puisse y être installée.

« Sa loge n'est sans doute pas de ce côté, réfléchit la jeune détective. Après tout, elle est l'étoile de la troupe et elle a sûrement droit à une tente pour elle toute seule, à l'écart du bruit et du remue-ménage du cirque. »

Comme la jeune fille parvient à l'une des extrémités du campement, elle remarque quelques roulottes isolées. Lolita se trouve peut-être dans l'une d'elles !

La jeune fille ne s'est pas trompée : en s'approchant de la première roulotte, elle distingue le bruit d'une discussion animée.

— Mais, papa, je t'assure que je ne me sens

pas assez forte pour exécuter mon numéro, se lamente une voix qu'Alice reconnaît aussitôt comme celle de la trapéziste.

— Tu participeras à la représentation de ce soir, c'est compris ? Et je te prie de le faire convenablement ! rugit son interlocuteur, qui n'est autre que M. Karl.

— Mais si je tombe encore..., bredouille Lolita avec lassitude.

La jeune détective éprouve une telle pitié pour Lolita qu'elle se retient avec peine d'intervenir en la faveur de la jeune fille. Soudain, M. Karl, au comble de la fureur, s'écrie d'une voix tonnante :

— Écoute-moi bien, Lolita : je te donne exactement un quart d'heure pour te décider. Si d'ici là, tu n'as pas changé d'avis, je te garantis que tu t'en mordras les doigts, parce que je mettrai tous tes amis à la porte du cirque !

Sur ces mots, il descend de la roulotte et s'éloigne à grands pas. Il a les traits tirés et le visage livide, à tel point qu'Alice se demande s'il est dans son état normal. Dès qu'il a disparu, la jeune détective gravit les marches et frappe à la porte. Après un moment de silence, une voix mouillée de larmes murmure faiblement :

— Entrez.

L'artiste sursaute en découvrant Alice sur le seuil. Néanmoins, elle retrouve vite le sourire, tant la physionomie de la visiteuse exprime la sympathie et la gentillesse. La jeune détective s'avance et, sans faire la moindre allusion aux larmes de Lolita ni aux menaces de M. Karl, tend à l'artiste son bracelet d'or.

— Pedro m'a confié que vous possédiez une pendeloque du même genre que celles-ci, commence-t-elle. Alors, je n'ai pas pu résister à la tentation de venir voir si la vôtre ne serait pas celle qui me manque.

Mais Lolita se méprend sur le sens de ces paroles. Son visage se crispe et elle s'exclame :

— J'espère que vous ne croyez pas que je l'ai volée !

— Pas du tout, la rassure Alice vivement. Excusez-moi d'être indiscrète, mais je suis détective amateur et j'essaie d'élucider le mystère qui entoure ce bracelet. Je crois que sa propriétaire a eu de graves ennuis et je voudrais lui venir en aide, si c'est possible. Est-ce que vous pouvez simplement me dire si vous avez déjà vu ce bracelet ou si vous avez entendu parler de lui ?

Lolita secoue la tête. Pendant un moment, elle fait jouer délicatement sous ses doigts les pendeloques. Puis, se tournant vers une commode, elle ouvre un tiroir et en sort une chaînette d'or ciselée à laquelle pend un petit cheval. Celui-ci est exactement de la même taille et de la même qualité que ceux accrochés au bracelet d'Alice. Et il reproduit fidèlement l'allure d'une bête au petit galop.

— Qui sait ? ce bijou a peut-être appartenu à ma chère maman, murmure Lolita tristement. Je n'avais que huit ans quand elle est morte, mais je me souviens d'elle parfaitement...

— Si c'est le cas, elle a probablement été obligée de le vendre, suggère la jeune détective.

— C'est possible, convient l'artiste, mais comment en être certaine ? À chaque fois que j'ai voulu poser des questions à M. Karl ou à sa femme sur mes parents, ils ont détourné la conversation. Ils prétendent que c'est trop pénible pour eux d'évoquer l'accident qui leur a coûté la vie.

Lolita hésite un instant, puis se penchant soudain vers Alice, elle murmure :

— J'en viens parfois à douter qu'ils soient vraiment morts...

— Si vous êtes d'accord, je pourrais vous aider à le savoir, propose la jeune détective, dans un élan de générosité.

La trapéziste dévisage son interlocutrice, comme pour essayer de déterminer si elle peut lui accorder sa confiance. Sa décision est bientôt prise.

— Ce serait formidable, déclare-t-elle avec un pauvre sourire.

— Est-ce que vous avez quelques indices qui pourraient me mettre sur la piste ? demande alors Alice.

— Je ne sais absolument rien, déplore Lolita. Comme je vous l'ai dit, M. et Mme Karl ne parlent jamais de mes parents. C'est pour ça que je suis de plus en plus convaincue qu'ils me cachent quelque chose.

À cet instant, Lolita lève les yeux vers une pendule. Le quart d'heure de grâce que le maître de cérémonie lui a accordé est écoulé !

— Il faut que vous partiez tout de suite, lance-t-elle paniquée à Alice. Mon père va revenir d'une minute à l'autre, et il ne faut pas qu'il vous trouve ici !

Elle se penche vers sa visiteuse et la prend brusquement dans ses bras.

— Je ne vous connais que depuis quelques minutes, mais vous m'avez redonné du courage et je me sens assez forte pour exécuter mon numéro.

Comme Alice s'apprête à se retirer, Lolita lui demande où elle sera assise pendant la représentation.

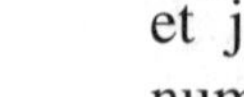

— Comme ça, je vous ferai signe.

Apprenant que la jeune fille et son compagnon n'ont pu obtenir de place, elle interpelle un homme qui passe devant la roulotte.

— Daniel, vous pouvez venir une minute ?

L'acrobate le présente à sa nouvelle camarade :

— M. Webster, l'un de nos dresseurs de chevaux.

Puis, se tournant vers sa visiteuse, elle se met à rire.

— Je me rends compte que je ne connais même pas votre nom !

— Je m'appelle Alice Roy, déclare la jeune fille en souriant.

— Daniel, il faut absolument vous débrouiller pour trouver deux places pour Alice ! Rapportez-les-moi vite, s'il vous plaît.

Comme Daniel part en courant, la jeune détective aperçoit M. Karl. Elle se dissimule aussitôt derrière une roulotte voisine. Le maître de cérémonie s'avance vers la trapéziste et lui jette un regard dur.

— Alors, princesse, qu'est-ce que tu as décidé ? lâche-t-il brutalement.

— Je me sens mieux. Je vais faire mon numéro, annonce la jeune fille avec calme.

M. Karl a un rire bref. Il attrape Lolita par la main et l'entraîne avec lui.

— Viens te préparer, ordonne-t-il.

Tandis qu'Alice attend le retour de Daniel Webster, elle prend la ferme décision de tout tenter pour obtenir des renseignements sur les parents de Lolita. L'artiste elle-même n'est pas certaine qu'ils soient morts, et la jeune détective considère cet élément comme très important.

Le dresseur revient au bout de quelques minutes avec deux billets et il accompagne Alice jusqu'aux abords du chapiteau où elle a laissé Ned. En chemin, la jeune fille lui parle de sa passion pour l'équitation et de ses débuts en haute école sous la direction de M. Roberto.

— Mais c'est l'un de mes amis ! s'exclame M. Webster. Alors comme ça, il a ouvert un manège à River City ? Tout le monde se demandait ce qu'il était devenu. Je vais aller le voir dès demain matin. Vous pouvez me donner son adresse ?

La jeune détective explique où trouver M. Roberto, puis elle remercie le dresseur et se met à la recherche de Ned. Elle a un peu de mal à le découvrir parmi la foule qui se presse autour des baraques et des tentes.

— J'en avais assez de regarder l'avaleur de

flammes, explique-t-il quand elle l'a enfin rejoint. Je commençais à avoir l'impression d'avoir la gorge en feu, moi aussi !

Alice éclate de rire et entraîne son ami vers le chapiteau. Elle lui raconte comment elle a réussi à dénicher des places pour le spectacle. Les deux fauteuils attribués aux jeunes gens se trouvent au premier rang d'une loge située en bordure de la piste. Bien que la représentation soit sur le point de commencer, la jeune fille remarque que les autres places sont vides et s'en étonne. Comment se fait-il qu'un soir où l'on joue à guichet fermé, personne n'occupe encore ces sièges ?

Comme le spectacle débute, Alice se laisse emporter par la féerie de la parade. Lorsque tous les artistes se sont retirés, la jeune fille guette avec impatience l'entrée des clowns. Mais lorsqu'ils se présentent, elle constate que Pedro est absent.

« Qu'est-ce qui a bien pu lui arriver ? » se demande-t-elle.

Le numéro se termine sans que Pedro ne paraisse.

« Je suis sûre que M. Karl y est pour quelque chose », se dit la jeune détective, songeant aux propos tenus par le maître de cérémonie.

Celui-ci aurait-il exécuté sa menace de renvoyer les amis de Lolita ?

Quelques instants plus tard, le maître de cérémonie s'avance au centre de la piste pour annoncer au public un numéro de dressage.

— Voici le cheval le plus intelligent du monde, proclame-t-il. Il pense et agit comme un être humain !

Toutes les lumières s'éteignent à l'exception d'un unique projecteur braqué sur la piste. Une bête superbe surgit des coulisses et entre au trot dans l'arène, étincelante dans sa robe d'une blancheur de neige.

À cet instant, Alice a vaguement conscience qu'un homme vient de s'asseoir dans la loge, sur le fauteuil placé derrière elle. Mais elle est trop intriguée par ce qui va se passer sur la piste pour s'intéresser au nouvel arrivant.

Soudain, elle sent quelque chose la serrer violemment à la gorge : quelqu'un cherche à l'étrangler !

chapitre 6

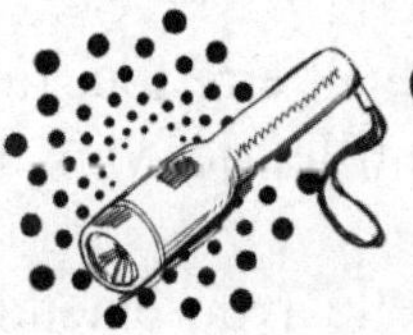

Sur les traces de l'agresseur

Alice porte vivement la main à sa gorge et, frappée d'horreur, sent une cordelette se resserrer de plus en plus autour de son cou. Désespérément, la jeune fille s'efforce d'arracher le lien qui l'étouffe. Mais elle n'en a déjà plus la force.

Ned se tourne vers elle à l'instant même où elle va défaillir. Elle tend la main vers lui et, soudain, perd connaissance. Bouleversé, le jeune homme la saisit dans ses bras et, apercevant la cordelette, la desserre aussitôt.

— Alice, Alice ! s'écrie-t-il, tu...

La jeune fille halète bruyamment, et un frisson parcourt son corps, tandis que Ned lui frictionne le cou et les bras. Cependant, sa respiration reprend bientôt son rythme normal.

— Comment te sens-tu ? s'inquiète le jeune homme.

— Ça va aller. Mais, qu'est-ce qu'il s'est passé ?

En guise de réponse, le jeune homme se contente de désigner un fouet de panoplie abandonné dans la loge. La mèche, longue et fine, serpente sur le sol.

— Celui qui t'a attaquée devait être fou, fulmine Ned. Mais, sois tranquille, je vais le retrouver !

C'est alors qu'Alice se rappelle avoir entendu quelqu'un s'installer dans la loge. Elle se lève et, s'avançant vers la loge voisine, elle s'adresse à l'une des spectatrices qui s'y trouvent :

— Excusez-moi, madame, avez-vous remarqué l'homme qui était assis derrière moi tout à l'heure ?

— Oui, vaguement, répond la dame.

— Vous pourriez le décrire ?

— J'en serais bien incapable. J'étais concentrée sur la piste, et j'ai à peine jeté un coup d'œil à cet homme.

La jeune fille remercie la spectatrice et regagne son fauteuil. Machinalement, elle ramasse le fouet abandonné sur le sol et l'examine. C'est le genre de jouet qui se vend dans la salle et aux abords du cirque.

Comme l'un des vendeurs se tient non loin de là, Alice lui adresse un signe. Le garçon s'approche. Dans le panier qu'il porte s'entassent des bouteilles de limonade, du nougat, du chocolat, des sachets de cacahuètes et d'amandes grillées et une dizaine de variétés de bonbons. Enfin, tout autour du panier sont accrochés divers objets souvenirs, parmi lesquels des fouets de panoplie semblables à celui que Ned a découvert.

— Avez-vous vendu quelque chose au monsieur qui était assis derrière moi ? demande-t-elle au vendeur.

— Non, dit le garçon. Que désirez-vous ? Bonbons, limonade, chewing-gums ?

— Donnez-moi un paquet de cacahuètes.

Puis, tandis que le vendeur cherche la monnaie, elle essaie de savoir si quelqu'un a acheté l'un de ses fouets.

— Je n'ai pas vendu un seul de ces machins-là ce soir, bougonne le garçon. Les fouets de maître de manège, ça n'intéresse personne !

Et il s'éloigne.

Réfléchissant à sa mésaventure, la jeune fille parvient à la conclusion que son agresseur ne s'est pas procuré le fouet sur place : il a dû l'apporter, peut-être même dans sa poche. Elle se tourne vers son compagnon et lui chuchote à l'oreille :

— Je crois que le coupable a des liens avec le cirque...

— C'est possible, admet Ned.

— Pour l'instant, regardons le spectacle, décrète Alice. Quand Lolita aura terminé son numéro, on commencera nos investigations.

Peu après, l'étoile de la troupe entre en scène. Les exercices qu'elle exécute sont non seulement gracieux, mais d'une difficulté extrême. Un seul faux pas pourrait provoquer la chute de Cendrillon et de ses prétendants. Alice ose à peine respirer.

« Pourvu que Lolita n'ait pas une nouvelle défaillance », espère-t-elle, angoissée. Et elle se demande si l'artiste sait que Pedro n'a pas paru sur la piste.

Comme M. Karl l'avait annoncé lors de la première représentation, l'aventure de Cendrillon achève de se dérouler. Le beau prince fait essayer une pantoufle de vair à Lolita et, quand il constate que le pied menu de Cendrillon s'y glisse parfaitement, il serre la jeune fille dans ses bras. Les deux fiancés s'envolent alors dans les airs, emportés par leur trapèze, et offrent un spectacle fabuleux. Les applaudissements fusent de toutes parts.

— C'est magnifique ! s'écrie Ned avec enthousiasme.

Alice est elle aussi transportée. Elle a déjà assisté à de nombreux spectacles de cirque et de numéros de trapèze, mais aucun n'égale celui présenté par le cirque Sim.

« Lolita est de loin la meilleure de la troupe, songe-t-elle. Pourquoi reste-t-elle dans ce cirque, à subir la tyrannie de M. Karl ? »

En haut du chapiteau, Cendrillon et son prince ont regagné leur minuscule plate-forme. Lolita baisse les yeux vers la loge où se tient Alice. Et d'un geste gracieux, elle envoie un baiser à sa nouvelle amie. Ensuite, elle fait de grands signes d'adieu à la foule et disparaît bientôt dans son carrosse au bras du Prince Charmant.

— C'est terminé, en conclut Ned. On s'en va, Alice ?

— Bonne idée. Il est temps de reprendre mon enquête !

Les deux amis gagnent rapidement la sortie.

— Comment comptes-tu procéder pour retrouver ton agresseur ? s'interroge le jeune homme quand ils sont dehors.

— Si on commençait par se renseigner sur la loge qu'on occupait ? propose Alice. L'homme qui m'a attaquée avait sûrement un billet pour y entrer.

Le guichet où l'on vend les places est fermé,

mais heureusement, la jeune détective aperçoit la caissière qui flâne non loin de là. Elle l'aborde.

— Pourriez-vous me dire qui avait retenu la loge A ce soir ? questionne-t-elle.

— Elle est toujours réservée pour le directeur et certains visiteurs de marque, comme le maire de la ville, par exemple, explique la femme. Ce soir, il paraît qu'on y avait placé un jeune couple.

Alice remercie la caissière et s'éloigne avec Ned.

— Maintenant, déclare-t-elle, je suis sûre, que mon agresseur appartient bien à la troupe du cirque.

— Mais pourquoi t'attaquer comme ça ? s'insurge Ned. Tu n'as pas d'ennemi ici, que je sache !

— Il faut croire que si...

— Tu ferais mieux de quitter les lieux et ne plus jamais remettre les pieds ici.

— Et j'abandonnerais ainsi mon enquête sans avoir résolu l'énigme ? s'indigne la jeune fille.

Ned hausse les épaules, résigné. Alice annonce alors qu'elle veut découvrir pourquoi Pedro était absent de la représentation. En se promenant aux abords du chapiteau, elle finit par croiser l'un des clowns et l'interroge.

— Il a eu un léger malaise, lui apprend-il. Mais ça n'a pas l'air très grave et il sera sûrement capable de participer au spectacle dès demain.

— Pouvez-vous lui remettre un mot de ma part ? poursuit la jeune fille, persuadée que Pedro a déserté la scène pour une tout autre raison.

— Bien sûr, accepte le clown.

Prenant un crayon et du papier dans son sac, Alice s'empresse de griffonner quelques mots. Elle propose à Pedro de venir chez elle le lendemain et d'amener Lolita.

Quelques minutes plus tard, les deux amis quittent l'enceinte du cirque. Bientôt, Ned dépose Alice devant chez elle et lui dit au revoir.

Dès que la jeune fille est dans sa chambre, ses pensées reviennent irrésistiblement à la mésaventure du cirque.

« Pourquoi m'a-t-on attaquée ? » rumine-t-elle, en retirant sa robe.

Soudain, une idée lui traverse l'esprit : et si M. Karl s'était aperçu qu'elle cherchait à aider Lolita ? Peut-être a-t-il eu peur qu'elle ne découvre certains de ses secrets ? Dans ce cas, il n'y aurait rien d'étonnant à ce qu'il cherche à mettre un terme à son enquête...

Comme la jeune détective baisse machinalement les yeux vers le plancher, elle remarque soudain un petit morceau de papier plié en quatre.

« Il a dû tomber de ma robe », songe-t-elle.

Elle le ramasse et découvre ces quelques mots, grossièrement tracés :

Ne vous mêlez plus du cirque et laissez les artistes tranquilles !

Alice relit le message.

« C'est sûrement mon agresseur qui l'a glissé dans ma poche, conclut-elle. Il faut que je reste sur mes gardes. Cette fois, c'est certain, j'ai un ennemi au cirque Sim ! »

chapitre 7

Haute école

Le lendemain, elle se lève de bonne heure et, vêtue de sa culotte de cheval, part pour l'école d'équitation. La jeune fille s'en donne à cœur joie pendant la leçon de M. Roberto. Et quand quelqu'un appelle le maître de manège au téléphone, elle continue à exécuter seule l'exercice qu'elle vient d'apprendre : un saut périlleux avec réception debout sur la croupe du cheval.

Comme Alice arrête Mirabelle, elle s'aperçoit que Daniel Webster, le dresseur du cirque Sim, se tient sur le seuil du manège. Il s'exclame :

— Très beau travail, mademoiselle ! Si un jour j'ai un problème avec l'un de nos numéros de voltige, je n'hésiterai pas à faire appel à vous !

Alice, persuadée que M. Webster la taquine, éclate de rire. Le dresseur, lui, ne bronche pas.

— Je parle sérieusement, assure-t-il. Vous exécutez ces exercices avec autant de maîtrise que la plupart de nos écuyères. Si l'occasion se présente, j'aimerais bien que vous travailliez pour nous.

La cavalière n'a pas le temps de répondre, car à cet instant, M. Roberto revient. Il aperçoit son ancien compagnon de cirque, et, ravi, lui donne une chaleureuse accolade.

— Quel plaisir de te voir, mon ami ! s'écrie-t-il. Comment ça va au cirque Sim ?

— Ce n'est pas terrible, répond le dresseur. Depuis ton départ, les choses ne se sont pas arrangées. Et les gens de la troupe finissent par perdre courage.

— À cause de Karl, je parie ?

M. Webster murmure quelques mots qu'Alice ne peut entendre, puis il reprend :

— Je viens de féliciter ton élève. C'est une excellente écuyère !

— Oui, je suis très content d'elle, confirme le maître de manège.

L'intéressée rougit de plaisir, tandis que M. Webster annonce à son ami qu'en cas de besoin, il n'hésitera pas à engager la jeune fille comme doublure. M. Roberto paraît stupéfait.

— Ça m'étonnerait qu'Alice accepte de

devenir écuyère de cirque, prévient-il. Elle est détective !

C'est au tour de M. Webster d'avoir l'air surpris :

— Vous menez vraiment des enquêtes ? interroge-t-il.

— Les énigmes me passionnent, reconnaît la jeune fille. Rien ne m'intéresse plus que de tirer une affaire au clair.

Il y a un instant de silence, puis le dresseur déclare :

— Dans ce cas, mademoiselle, vous devriez essayer de résoudre l'énigme du cirque Sim...

Alice se tourne vers son maître de manège.

— Vous ne m'en aviez pas parlé, s'étonne-t-elle.

— Vous m'avez demandé si je savais quelque chose à propos d'un bracelet, se justifie M. Roberto, pas s'il y avait un mystère au cirque Sim. Pourtant, c'est vrai qu'il s'y passe des choses bizarres. J'ai quitté la troupe parce que je ne m'entendais pas avec M. Karl. Il règne en tyran sur le cirque et je trouvais son influence néfaste.

— Karl est un homme étrange, renchérit M. Webster. Il peut être charmant un moment et, une minute plus tard, devenir despotique ou fou furieux... Les gens de la troupe l'admirent et le détestent à la fois.

— Pourquoi ont-ils peur de lui ? le questionne la jeune détective.

— C'est difficile à expliquer, hésite le dresseur. M. Karl a un pouvoir extraordinaire sur les autres. Il ordonne aux gens d'exécuter des choses impossibles et contre toute attente ils y arrivent. Regardez Lolita, par exemple, elle est littéralement terrifiée à l'idée de monter sur un trapèze. Pourtant, son père l'y oblige tous les jours et elle lui obéit.

M. Webster conclut avec un soupir :

— La pauvre petite n'est pas heureuse...

Le dresseur raconte ensuite que M. Sim, le propriétaire du cirque, est sans défense devant M. Karl, qui est devenu le maître absolu.

— Tout se passe, précise encore M. Webster, comme si M. Karl avait une véritable emprise sur M. Sim, sur Lolita, et aussi sur sa femme. Ils le redoutent comme si c'était un être dangereux, qui pourrait leur faire beaucoup de mal. Tout le monde est persuadé qu'ils cachent un secret, mais lequel ?

— Mme Karl appartient aussi à la troupe ? demande Alice.

— Avant, elle était acrobate et écuyère, explique M. Webster, mais avec les années, elle a perdu sa souplesse et elle a fini par devoir abandonner la piste. Aujourd'hui, elle se contente d'aider son mari et sa fille. Parfois, elle se met en colère contre Karl, et elle semble prête à dire tout ce qu'elle a sur le cœur. Mais il suffit qu'il lui lance un regard sombre pour qu'elle perde tous ses moyens et qu'elle se taise immédiatement.

Comme Alice oriente la conversation vers Pedro et Lolita, le dresseur laisse entendre que les deux jeunes gens sont amoureux l'un de l'autre, mais que M. Karl surveille sa fille adoptive de près.

— Autant dire qu'ils ne se voient pratiquement jamais seuls, termine le dresseur. Karl doit avoir peur que sa fille ne lui échappe ; ce serait la fin de Karl et du cirque Sim si Lolita nous quittait.

M. Webster se tait, puis il se tourne vers Alice et lui propose d'essayer un nouvel exercice. Il tient en effet à s'assurer qu'elle serait capable de l'exécuter dans le cas où il aurait besoin d'elle.

— Il s'agit de réaliser un saut périlleux pardessus le cheval, annonce-t-il. Qu'en pensez-vous ?

Devant l'hésitation de la jeune fille, le dresseur lui donne quelques conseils :

— Observez l'allure du cheval et son rythme. Puis mettez-vous à fredonner un air en mesure avec le petit galop régulier de votre bête. Après, choisissez le point d'où vous prendrez votre élan. Quand vous vous sentirez prête, il vous suffira de faire quelques pas en courant vers le cheval. Sautez, prenez appui de la tête et des épaules sur son dos et vous retomberez de l'autre côté.

Cependant, M. Roberto n'est pas très sûr que même une élève aussi douée qu'Alice puisse se risquer à un tel exercice. Il insiste donc pour que la jeune fille enfile d'abord une veste rembourrée et mette un casque d'entraînement. La jeune fille obéit volontiers.

Alors, tentant d'oublier son appréhension, Alice se lance. Gardant à l'esprit les conseils de M. Webster, elle calcule ses gestes avec précision et exécute finalement le saut périlleux à la perfection.

L'écuyère est en train de répéter l'exercice lorsque Bess et Marion arrivent. La plus sportive des deux s'arrête, éberluée, tandis que sa cousine pousse un cri perçant. Surprise, Alice manque en perdre l'équilibre. Bess se répand en excuses.

— Alice, il faut que tu arrêtes ces acrobaties, l'implore-t-elle. Tu vas finir par te blesser !

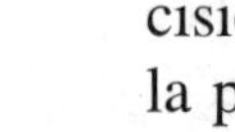

— Laisse-la tranquille, la coupe Marion, elle a le courage et le talent nécessaires. Je donnerais cher pour savoir en faire autant !

La jeune fille est elle-même une excellente cavalière et, la veille, M. Roberto a commencé à lui apprendre les exercices de voltige les plus simples.

— Eh bien moi, je préfèrerais que vous arrêtiez de jouer les casse-cou, s'entête Bess.

M. Webster s'efforce de rassurer Bess en lui expliquant que certaines personnes ont un talent naturel pour l'équitation et qu'elles peuvent facilement devenir d'excellents cavaliers de haute école.

— Mlle Roy est de ces gens-là, conclut-il.

Avant de prendre congé de M. Roberto et des jeunes filles, il tire de sa poche un billet pour la représentation de l'après-midi et le tend à Alice.

— Comme ça, vous pourrez revoir les numéros de voltige et de haute école, déclare-t-il. Observez bien les exercices, vous y trouverez une foule d'indications utiles.

Puis il se tourne vers les deux cousines :

— Je suis désolé, mais je n'avais qu'un seul billet sur moi.

— Ce n'est pas grave, s'empresse de

répondre Bess. De toute façon, le numéro de trapèze me rend malade de peur.

Alice ayant achevé sa leçon, elle regagne sa voiture. En arrivant chez elle, elle trouve Sarah qui sort du four un soufflé, gonflé et doré à souhait.

— On va se mettre à table, déclare la gouvernante. Tu sais qu'un soufflé ne doit pas attendre !

Un coup de sonnette retentit au même instant. Espérant la visite de Pedro, Alice se précipite dans l'entrée. La jeune fille ouvre la porte. Sur le perron se tient un couple. La jeune fille est vêtue avec élégance et coiffée d'un petit chapeau dont la voilette lui masque entièrement le visage.

— Vite, laissez-nous entrer, supplie-t-elle.

Et elle s'engouffre dans la maison, tandis que son compagnon se retourne pour jeter un coup d'œil inquiet vers la rue.

chapitre 8

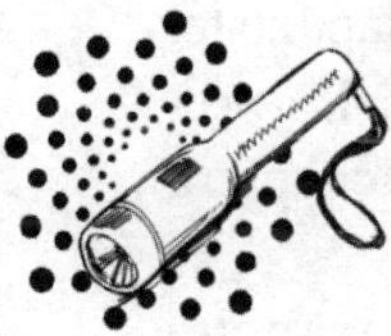

Premiers indices

Alice identifie soudain la visiteuse. C'est Lolita !

— Désolée de ne pas vous avoir reconnue tout de suite, s'excuse la jeune détective. Vous êtes si différente en tenue de ville...

— C'est vrai que je ne m'habille pas souvent comme ça, convient l'artiste. D'ailleurs, j'ai été obligée d'emprunter ces vêtements.

Devant l'air dubitatif d'Alice, Lolita comprend brusquement que la jeune fille n'a pas reconnu son compagnon et elle dit en riant :

— Je vous présente mon fiancé, Pedro.

La jeune détective ouvre de grands yeux, car le visiteur qui se tient devant elle est un garçon séduisant aux traits réguliers, qui ne ressemble en rien au clown peinturluré du cirque Sim.

— Je ne l'aurais jamais deviné, avoue Alice. Et vous êtes fiancés tous les deux ? C'est formidable !

L'artiste confie à son amie qu'ils ont décidé le matin même de se marier le plus tôt possible.

— Malheureusement, déplore la trapéziste, on va devoir surmonter deux obstacles. Le premier, c'est mon père adoptif : il n'acceptera jamais ce mariage.

— Ça n'a aucune importance, tranche Pedro, on quittera le cirque Sim et je suis sûr qu'on trouvera un autre engagement sans problème.

La jeune détective se souvient de ce qu'elle a appris sur M. Karl et sur l'influence qu'il exerce sur sa troupe. Les deux jeunes gens risquent d'avoir beaucoup de mal à lui échapper...

— Et le second obstacle ? s'enquiert Alice.

— Avant de me marier, je voudrais savoir ce que mes parents sont devenus, souffle la jeune trapéziste. Je suis peut-être trop sentimentale, mais si l'un ou l'autre est encore vivant, j'aimerais beaucoup qu'il assiste à mon mariage. M. Karl et sa femme ne m'ont pas adoptée légalement : ils m'ont élevée et considèrent que je leur appartiens. J'ai découvert la vérité il y a seulement quelques jours.

Elle se tourne vers son fiancé :

— Continue l'histoire, s'il te plaît, lui demande-t-elle.

À cet instant, un grognement indigné retentit au fond du couloir qui mène à la cuisine. Alice comprend que Sarah veut attirer son attention : le délicieux soufflé qu'elle vient de sortir du four risque d'être gâché.

— Je vous en prie, poursuivez, encourage-t-elle Pedro.

Celui-ci raconte alors que son propre père est un ancien clown, qui a lui aussi fait partie un temps de la troupe du cirque Sim, après avoir effectué plusieurs tournées en Europe. Là-bas, il a eu l'occasion de jouer dans le même cirque que les Flanders.

— Il a donc bien connu mes parents, intervient Lolita, et c'est lui qui a appris à Pedro que les Karl ne m'avaient pas adoptée légalement.

— À en croire M. Karl, reprend Pedro, les Flanders auraient été victimes d'un terrible accident alors qu'ils exécutaient leur numéro de trapèze. Ils auraient été transportés à l'hôpital et ils y seraient morts tous les deux. C'est après ça que les Karl auraient emmené Lolita.

— Oui, je suis au courant, dit Alice. Lolita m'en a parlé.

— Hier après-midi, poursuit le clown, j'ai reçu une lettre de mon père, qui vit maintenant en Angleterre. Il m'a écrit qu'il est allé voir un cirque la semaine dernière, et il est sûr d'avoir reconnu la mère de Lolita dans la foule.

Le clown explique que son père s'est précipité vers la femme, mais que celle-ci a disparu avant qu'il ne puisse la rejoindre. Plus tard, il a cherché à se renseigner, mais personne ne connaissait le nom de Lola Flanders.

— Après avoir lu cette lettre, raconte Pedro, j'ai couru chez M. Karl : j'étais persuadé qu'il serait heureux d'apprendre que la mère de Lolita était peut-être vivante, mais il est entré dans une colère épouvantable, affirmant que l'histoire de mon père n'était qu'un tissu de mensonges, et que, si je n'étais pas content, je n'avais qu'à quitter le cirque sur l'heure. Il m'a même interdit d'adresser la parole à sa fille.

— C'est pour ça que Pedro a refusé de monter sur scène hier soir, intervient Lolita. Mais j'ai réussi à le convaincre de reprendre sa place dans le spectacle dès cet après-midi. Il vaut mieux ne pas envenimer les choses, je crois.

— On a pu s'échapper ce matin seulement parce que M. Karl devait passer la matinée avec M. Sim, qui est revenu hier soir à l'improviste, précise Pedro.

— Mais j'ai peur qu'on ait été suivis, s'inquiète l'étoile du cirque Sim. D'ailleurs, on ne va pas s'attarder davantage. Si mon père découvre que je suis sortie sans sa permission, ce sera terrible.

Et dans un élan, la jeune fille supplie Alice :

— S'il vous plaît, aidez-moi à retrouver ma mère !

— Je ferai tout mon possible, promet la jeune détective. Vous ne le savez peut-être pas, mais mon père est avocat et je suis persuadée qu'il arrivera à obtenir certains renseignements grâce à ses relations en Angleterre.

— Ce serait merveilleux, se prend à espérer Lolita.

Avant le départ des jeunes gens, Alice annonce qu'elle assistera à la représentation de l'après-midi. Elle demande à Lolita si elle pourra profiter de l'occasion pour parler à Mme Karl.

— Vous pouvez toujours essayer, répond l'artiste. À cette heure-là, ma mère sera sûrement dans sa roulotte. Vous verrez, elle est très gentille ; à condition que mon père ne soit pas dans les parages. Elle a très peur de lui.

— Pourquoi ?

— Je n'en ai aucune idée. Excusez-nous, il faut vraiment qu'on y aille. À bientôt !

Dès que Sarah a entendu la porte se refermer sur les visiteurs, elle se lance dans une longue tirade contre les gens qui arrivent à l'heure du repas. Alice s'assoit à table sans perdre une seconde afin de déguster le délicieux soufflé qui, assure-t-elle, n'a absolument pas souffert de l'attente.

L'après-midi, la jeune fille part de bonne heure pour le cirque, après avoir promis à la gouvernante d'être de retour pour dix-huit heures. Arrivée près du chapiteau, elle se met immédiatement à la recherche de Mme Karl. Elle porte son bracelet à pendeloques et prend soin de faire tinter celles-ci lorsqu'elle se présente à la femme du maître de cérémonie. Cette dernière louche sur le bijou, mais ne lâche aucun commentaire.

— Madame, je m'intéresse beaucoup à l'équitation, commence la jeune détective, et je me permets de m'adresser à vous, parce que j'ai appris que vous avez pratiqué la haute école et la voltige dans un cirque. Je me demandais si votre fille Lolita avait hérité de votre talent ?

L'air aimable de Mme Karl s'efface brusquement pour laisser place à une expression d'effroi, qui se transforme vite en colère. Elle s'écrie d'une voix sifflante :

— Comment êtes-vous entrée ici ? Cette partie du terrain est réservée aux membres de la troupe. Partez immédiatement !

— Je suis désolée, madame, s'excuse la jeune fille, je ne voulais pas être indiscrète.

— Vous n'êtes pas seulement indiscrète, vous êtes carrément indésirable !

Sans insister, Alice quittc la roulotte. Elle remarque en sortant que plusieurs membres de la troupe se sont rassemblés pour écouter la conversation animée. Une femme s'approche de la jeune fille et lui chuchote à l'oreille :

— Ne prêtez pas attention à Mme Karl : elle crie beaucoup mais elle n'est pas méchante. Vous comprenez, Lolita n'est que sa fille adoptive, et elle déteste aborder ce sujet.

— Je comprends, murmure Alice. Mais savez-vous si les vrais parents de Lolita sont encore en vie ?

La femme échange des regards embarrassés avec ses camarades qui l'entourent. Finalement, elle déclare :

— À vrai dire, le bruit court que la mère de Lolita est toujours vivante et que les Karl veulent le tenir secret. Mais nous, tout ça nous paraît bien étrange...

La jeune détective s'apprête à réclamer d'autres informations lorsque M. Karl apparaît à l'entrée du campement. En un clin d'œil, tout le monde disparaît. Alice elle-même se faufile rapidement entre deux roulottes. Puis elle se dépêche de gagner le chapiteau pour assister au spectacle. Sa place est située tout près d'une issue.

En attendant le début de la représentation, la jeune détective étudie l'énigme de Lolita sous différents angles : Lola Flanders a-t-elle mis son bracelet en gage ? Et pourquoi ? Est-ce elle la personne qui se trouvait dans une situation dramatique ? Et les Karl sont-ils à l'origine de ses malheurs ?

La fanfare, qui entame un morceau très gai, tire la jeune fille de sa rêverie. Quelques instants plus tard, la parade traditionnelle commence. Alice y prend autant de plaisir qu'à la première représentation et elle apprécie tout autant le numéro aux sept clowns qui suit immédiatement. Cette fois, Pedro est en piste et il fait signe à la jeune fille.

Peu après, Alice suit avec une attention toute particulière le premier numéro de voltige équestre. Elle remarque l'une des écuyères qui, malgré son jeune âge, évolue avec une grâce et une adresse remarquables. Elle exécute d'ailleurs toute une série d'exercices seule, en vedette.

L'artiste vient de réussir un double saut périlleux et reprend pied sur la croupe de sa monture, applaudie à tout rompre par le public, lorsqu'un objet siffle dans l'air et atteint les naseaux du cheval. Celui-ci se cabre violemment en envoyant l'écuyère rouler sur le sol.

Dans la confusion générale, Alice aperçoit le projectile qui a atteint le cheval : c'est un fouet de panoplie identique à celui utilisé la veille par son agresseur !

chapitre 9

Un rôle pour Alice

La jeune écuyère essaie de se relever, mais la douleur crispe son visage et deux de ses camarades doivent la porter pour l'emmener hors de la piste. Néanmoins, le numéro se poursuit. Les artistes font de leur mieux, mais l'incident les a rendus nerveux. Aussi, sur un signal de la fanfare, probablement ordonné par M. Karl lui-même, les évolutions des chevaux et des cavaliers sont écourtées.

Quant au fouet qui a provoqué l'accident, il a été écarté d'un coup de pied.

« C'est étrange, songe Alice, je croyais que mon agresseur m'en voulait personnellement. Pourquoi a-t-il décidé de s'en prendre aussi à cette écuyère ? »

La jeune détective se remémore alors ses pre-

miers soupçons sur Jimmy au manège de M. Roberto. Le palefrenier serait-il lié à cet autre accident ?

« Jimmy m'avait sommée de ne plus tenter d'acrobaties, se souvient-elle. Il ne veut peut-être pas non plus que d'autres filles en réalisent ? »

Comme le maître de cérémonie annonce le numéro suivant, Alice remarque le lieutenant Kelly, de la police de River City, qui s'installe dans la loge réservée qu'elle occupait la veille avec Ned. Le policier est en civil.

— Bonjour, Alice, lance-t-il avec bonne humeur. Encore sur une nouvelle énigme ?

La détective amateur reconnaît qu'elle débute une enquête. Elle demande au policier s'il est arrivé à temps pour voir l'accident dont la jeune écuyère a été victime.

— Non, répond-il, mais je viens de parler à l'agent de service qui m'a raconté ce qui s'est passé. Ce n'est pas de chance. Ces métiers du cirque sont tellement dangereux !

— Je crois, avance la jeune fille, que quelqu'un a volontairement essayé de blesser l'écuyère et son cheval.

— Qu'est-ce qui vous fait penser ça ? s'étonne le lieutenant.

Alice lui explique alors l'agression dont elle a été victime la veille au soir.

— L'agresseur s'est servi du même genre de fouet dans les deux cas ! Et il y a autre chose. Hier soir, j'ai trouvé un message dans ma poche, m'intimant d'arrêter mes recherches.

— Pourquoi est-ce que vous ne m'avez pas prévenu plus tôt ? la gronde-t-il.

— J'avais l'intention de vous montrer cette note, se justifie-t-elle, mais il s'est passé tellement de choses que je n'en ai pas eu le temps. Je l'ai tournée et retournée dans tous les sens, mais je n'ai pas trouvé un seul indice sur l'identité de l'auteur.

— Eh bien, conclut le lieutenant Kelly, je constate que vous avez déjà effectué l'enquête préliminaire... Apportez-moi ce message, mes hommes l'examineront au microscope.

Alice promet de passer dès que possible au commissariat, puis elle confie au policier ses soupçons sur Jimmy.

— Soyez prudente, lui conseille-t-il. Vous avez sans doute raison de le soupçonner. Je vais le faire surveiller.

La jeune détective regagne sa place pour assister au numéro de Lolita. Celui-ci se déroule sans le moindre incident, et Alice joint ses applaudissements à ceux de la foule enthousiaste lorsqu'une ouvreuse vient lui remettre une lettre.

Comme la jeune fille s'apprête à ouvrir l'enveloppe, une angoisse la saisit. S'agit-il de nouvelles menaces ? Son ennemi mystérieux l'a-t-il vue en train de discuter avec le lieutenant Kelly ?

Cependant, les craintes de la jeune fille se dissipent vite, car le message est signé de M. Webster. Celui-ci la prie de le rejoindre immédiatement dans sa roulotte.

Aussitôt, Alice quitte le chapiteau. Les pensées se bousculent dans sa tête. Que peut bien lui vouloir le dresseur ?

Lorsqu'elle entre, Daniel Webster sourit, lui avance une chaise et déclare :

— Je n'irai pas par quatre chemins, mademoiselle. Voulez-vous remplacer la jeune écuyère qui s'est blessée tout à l'heure ?

Alice est tellement surprise qu'elle ouvre la bouche, puis la referme, incapable d'articuler une parole. Enfin, elle parvient à s'exclamer :

— Vous êtes sérieux ?

— Je vous ai dit ce matin que vous aviez le niveau d'une écuyère professionnelle !

— Je ne pourrai jamais tenir le rôle de cette jeune fille ! C'est l'étoile de votre troupe ! Et d'ailleurs, comment va-t-elle ?

— Elle a une très mauvaise fracture, lui apprend M. Webster. Je crois qu'elle ne pourra pas reprendre ses exercices de voltige avant longtemps...

— C'est terrible ! s'écrie Alice.

Puis elle ajoute :

— Je ne peux pas accepter votre offre. En admettant que je sois capable de tenir le rôle, M. Karl ne m'autorisera jamais à entrer dans sa troupe.

— Vous vous trompez, la contredit M. Webster. D'ailleurs, M. Karl nous a posé un ultimatum : le numéro de voltige et de haute école doit être mis au point avec une nouvelle écuyère pour la représentation de ce soir, sinon, il renverra tout le monde. Vous voyez, nous n'avons pas le choix. Les artistes peuvent modifier leurs exercices pour remplacer eux-mêmes leur camarade. Malheureusement, les chevaux ne peuvent pas en faire autant... Il faut des mois de dressage pour monter un numéro.

Alice se tait. Elle plaint de tout son cœur les artistes qui gagnent leur vie grâce à ce numéro. Si elle peut prendre la place de la jeune écuyère blessée, ne serait-ce que pour une ou deux représentations, cela les sauvera peut-être, en leur donnant au moins le temps de trouver une remplaçante professionnelle.

Le dresseur se penche vers elle et lui glisse à voix basse :

— Si vous acceptez, vous aurez une occasion unique de résoudre le mystère du cirque. Vous pourrez observer les Karl comme bon vous semblera.

Cet argument achève de convaincre la jeune détective. Et elle déclare qu'elle intégrera la troupe, si son père est d'accord.

— Il est en voyage, mais je vais essayer de le joindre, promet-elle.

Le dresseur pousse le téléphone vers la jeune fille. Alice appelle d'abord l'étude de son père, mais la secrétaire lui répond que maître Roy n'a pas téléphoné de la journée et qu'elle ignore où il se trouve.

Comme la jeune détective raccroche, Lolita et Pedro entrent. La trapéziste devine la surprise de son amie de les rencontrer ensemble et elle lance en riant :

— Vous voyez, Alice, on ose même se montrer tous les deux maintenant !

— Mais attention au scandale si on croise ton père ! observe Pedro.

— Bah ! pourquoi s'inquiéter ? le rassure Lolita. Nos amis font le guet pour nous et ils nous préviennent quand papa est dans les parages !

— Écoutez-moi, vous deux, intervient M. Webster. Alice Roy accepte de remplacer Rosa, mais elle tient à obtenir la permission de son père avant. Malheureusement, il est absent et on n'arrive pas à le contacter. Vous avez une idée ?

Lolita s'approche d'Alice et lui prend les épaules.

— Il vaudrait mieux que votre père le sache, bien sûr, convient-elle, mais, après tout, il a bien accepté que vous preniez des leçons de haute école au manège. Que vous exécutiez des exercices de voltige sur une piste de cirque ou chez M. Roberto, c'est exactement la même chose, non ?

— C'est vrai, admet la jeune détective. Mais je préférerais quand même que mon père soit au courant. Je vais demander à deux amies de le joindre. Pendant ce temps, je m'entraînerai.

— Le groupe de voltige équestre doit se réunir dans un quart d'heure pour prendre une décision au sujet de son numéro, annonce Daniel Webster. Si vous voulez bien vous rendre sous le chapiteau à ce moment-là, je vous présenterai aux écuyers et vous pourrez commencer à répéter ensemble.

— Venez avec moi, Alice, on va vous trouver une culotte de cheval, l'entraîne Lolita. Et puis, maintenant que vous faites partie de la troupe, on pourrait peut-être se tutoyer, non ?

— C'est d'accord, approuve la jeune fille en riant. Mais avant de te suivre, je vais appeler mes amies Bess et Marion. Elles doivent être chez M. Roberto pour leur leçon à l'heure qu'il est.

En apprenant que leur amie s'apprête à entrer au cirque Sim, les deux cousines sont éberluées. Bess s'affole et supplie Alice de réfléchir. Cependant, elle accepte de téléphoner à M. Roy, avec l'aide de Marion.

Une fois qu'Alice a raccroché, elle quitte le bureau de M. Webster en compagnie de Lolita et de Pedro. Ils ont à peine fait quelques pas qu'un des clowns les interpelle.

— Attention, M. Karl arrive ! les prévient-il.

Pedro se précipite derrière une roulotte tandis que les jeunes filles s'éloignent tranquillement. Un peu plus loin, elles croisent le maître de cérémonie.

— Avec qui es-tu, Lolita ? l'interroge-t-il sévèrement.

Il jette sur Alice un regard glacial et gronde :

— Ce n'est pas vous qui avez laissé ce garnement monter dans le carrosse de Cendrillon hier, pendant la parade ?

L'homme n'attend pas la réponse de la jeune fille et lui ordonne de quitter le cirque sur-le-champ. Puis il se tourne vers Lolita et lâche, d'un ton cinglant :

— Quant à toi, rentre ! Je te défends de sortir jusqu'au dîner !

Par-dessus l'épaule de M. Karl, Alice aperçoit soudain Pedro qui lui adresse des signes. En un clin d'œil, elle comprend qu'elle doit donner l'impression au maître de cérémonie d'obéir. Le clown la rejoindra ensuite. Suivant le conseil du jeune homme, la détective tourne les talons, et s'éloigne sous le regard sombre de M. Karl.

Quelques minutes plus tard, le clown équilibriste retrouve la jeune fille. Il lui propose de la conduire à la roulotte qui sert de magasin de costumes, afin qu'elle y choisisse une tenue d'équitation. Cependant, Alice secoue la tête.

— Non, Pedro, ce serait trop risqué en ce moment, observe-t-elle. Je crois que M. Karl a découvert qui j'étais. Il doit savoir que j'ai déjà mené plusieurs enquêtes sur des affaires mystérieuses. Il ne veut pas de moi ici, c'est clair.

Pedro prend un air consterné.

— Même dans ces conditions, Alice, vous devez rester pour nous aider, Lolita et moi. Je vais vous confier quelque chose que je n'ai pas osé dire à ma fiancée, pour ne pas l'inquiéter... L'autre jour, en passant devant la roulotte de ses parents, j'ai surpris leur conversation. Mme Karl pleurait et elle disait à son mari :

— À quoi nous servira cet argent si les gens apprennent d'où il vient ?

— Vous avez une idée de ce que ça signifie ? demande Alice, stupéfaite.

Mais le clown secoue la tête. Alors, la jeune fille envisage aussitôt la seule explication possible : sans que personne le sache, les Karl se sont approprié de l'argent qui ne leur appartenait pas !

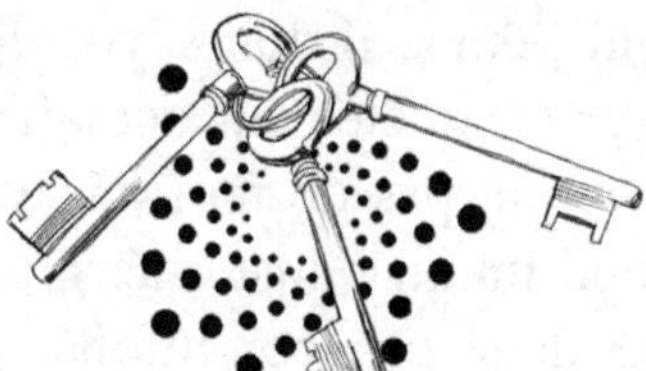

chapitre 10

La répétition

Dorénavant, il est certain que, si Alice accepte de participer au numéro de voltige du cirque Sim, elle court un grand danger. Pour peu que M. Karl soit aussi malhonnête que violent et autoritaire, il ne laissera personne le détourner du but qu'il s'est fixé.

— Ne nous abandonnez pas, supplie Pedro. Regardez dans quelle situation Lolita se trouve. Même si on arrive à s'enfuir pour se marier, on ne sera pas tirés d'affaire. Karl se débrouillera toujours pour nous empêcher d'être heureux.

— C'est probable, reconnaît Alice. Je vous promets de tout faire pour vous aider, Lolita et vous.

Le fiancé de la trapéziste emmène ensuite la détective chez Mme Black, la costumière.

Celle-ci déniche rapidement une culotte de cheval bleu foncé et une blouse de soie blanche à la taille de la jeune fille. Mais au lieu de lui donner des bottes d'équitation, elle lui remet des escarpins de cuir léger, sans talon, et dont la semelle est d'une extrême souplesse.

— Vous verrez que c'est beaucoup plus pratique que les bottes rigides, assure Mme Black. C'est ce que toutes les écuyères portent.

Alice enfile les chaussons. En quittant la roulotte de Mme Black, elle jette un coup d'œil à sa montre.

« Si je ne me dépêche pas, je vais être en retard ! » songe-t-elle.

M. Webster attend la jeune fille à l'entrée de la grande tente, vide maintenant que la représentation est terminée. Il lui présente le groupe de voltigeurs et son chef, Sancho.

— Alice, voici Erika, déclare le dresseur en désignant une jeune écuyère. Vous partagerez sa roulotte.

Erika est une très jolie jeune fille, avec de grands yeux verts et des cheveux noirs. Elle sourit à la nouvelle venue, en lui disant :

— J'étais prête à vous donner quelques conseils, mais d'après ce que Daniel nous a raconté, vous n'en aurez certainement pas besoin !

Heureusement, le cheval de tête, qui a été légèrement blessé aux naseaux par le manche du fouet, est en état de tenir son rôle. C'est une bête de la même taille que Mirabelle, et lorsque Alice saute sur son dos, elle a l'impression de se retrouver au manège.

— Surtout, n'ayez pas peur, la rassure M. Webster. Répétez simplement les exercices que vous avez réalisés ce matin chez Roberto, et tout ira bien.

La jeune fille montre à son public les exercices que son maître de manège lui a enseignés, mais en s'efforçant d'imiter les attitudes de Rosa, l'écuyère blessée. Les camarades de celle-ci applaudissent la nouvelle recrue avec enthousiasme.

— Alors, Sancho, qu'en pensez-vous ? l'interroge M. Webster.

— Pour quelqu'un qui n'a pas été élevé dans un cirque, Mlle Roy a un niveau exceptionnel, reconnaît le chef du groupe. Je serais très heureux de l'accueillir en attendant qu'on puisse remplacer Rosa.

Il s'approche d'Alice et lui demande si elle a déjà essayé de se tenir debout avec une autre personne sur un cheval au petit galop.

— Non, répond la jeune fille.

— Ça vous dit d'essayer avec moi ?

— Je veux bien, consent la jeune fille.

— Alors, allons-y. Commencez !

Après avoir pris une profonde inspiration, Alice se lance : elle prend le rythme du cheval, court sur la piste sur quelques mètres puis saute sur le dos de la bête. Un instant après, Sancho la rejoint. Malheureusement, lorsqu'il la touche, la jeune fille perd l'équilibre et tous deux tombent de leur monture !

Malgré cet échec, ils recommencent immédiatement. Alice fait encore quelques chutes, mais finalement, elle réussit à se maintenir lorsque Sancho saute derrière elle.

— Magnifique ! s'écrie-t-il. Si vous tenez votre rôle aussi bien ce soir, ce sera parfait. Une autre écuyère n'aura qu'à exécuter quelques exercices supplémentaires pour compléter le numéro.

Tout sourire, Alice songe que tout s'arrange pour le mieux, lorsque Pedro survient, très agité.

— Karl arrive ! lâche-t-il, essoufflé. Il a dû flairer quelque chose de louche et il s'est mis dans une rage épouvantable. Il crie que vous vous êtes moqués de lui et qu'il va tous vous renvoyer !

Les artistes se regardent, interloqués, et demandent au clown ce que cela signifie. Ils n'ont rien à se reprocher, et voici pourtant qu'on les menace de les mettre à la porte !

De son côté, Alice est persuadée que c'est elle qui a provoqué la fureur de M. Karl. Celui-ci a dû s'apercevoir, d'une manière ou d'une autre, qu'elle était sur le point de s'introduire dans sa troupe.

— Je suis certain qu'il y a un espion sous le chapiteau, déclare Pedro, et j'ai bien l'intention de le démasquer !

À ce moment-là, Bess surgit dans l'arène. Elle est encore en tenue de cheval, ce qui donne aussitôt une idée à Alice. Et, sans attendre de savoir pourquoi son amie est venue la rejoindre, elle lui dit rapidement :

— M. Karl va survenir d'une minute à l'autre. Il a dû apprendre que j'allais remplacer Rosa. Mais comme il ne faut pas qu'il me voie, tu vas prendre ma place !

La pauvre Bess n'a pas le temps de protester. Son amie plonge derrière une rangée de fauteuils, à l'instant même où le maître de cérémonie apparaît. Il marche droit vers Bess.

— C'est vous qui remplacez Rosa ? tonne-t-il.

— Oui... je crois, bredouille la jeune fille.

— Bizarre, j'aurais juré que c'était quelqu'un d'autre, grommelle l'homme. Vous n'avez pas vraiment l'allure d'une écuyère ; les nôtres sont plus minces... Bah, on va voir ce que vous savez faire. En selle, s'il vous plaît !

Bess obéit ; elle enfourche la bête qu'on lui désigne et effectue quelques tours de piste au petit galop. Heureusement la jeune fille est bonne cavalière et M. Karl paraît satisfait. Mais bientôt, il ordonne :

— Passons à la voltige maintenant. Je vous regarde.

Le cœur de Bess se met à battre à tout rompre. Si elle tente des acrobaties, la supercherie sera découverte aussitôt.

— Oh ! non, monsieur, s'écrie-t-elle. Je ne peux pas dans cette tenue... Je... enfin... vous pourriez revenir dans une heure ?

— Dans une heure ? répète M. Karl, furieux. Depuis quand faut-il une heure pour se changer ? Je vous donne quarante-cinq minutes ! Pas une de plus !

Karl se tourne vers Sancho.

— Je veux voir tout le monde ici dans trois quarts d'heure exactement et j'assisterai à votre répétition. Si le numéro ne me plaît pas, je vous mets à la porte. Et je vous préviens que je ne reviendrai pas sur ma décision !

Là-dessus, il tourne les talons et quitte le chapiteau. Un long silence suit son départ. Les artistes sont trop abasourdis pour parler, et Alice comprend que leur sort dépend d'elle. Comme elle quitte son abri, Bess se précipite vers elle pour la supplier une fois encore de renoncer à sa folle entreprise.

— Tu te rends compte de la situation dans laquelle tu vas te mettre ? insiste-t-elle. Le jeu n'en vaut pas la chandelle !

— Je ne peux pas tout laisser en plan maintenant, proteste la jeune détective. En tout cas, je te remercie mille fois pour ce que tu viens de faire pour moi.

Elle retire le bracelet à pendeloques de son bras et le tend à Bess.

— Tiens, tu pourras le remettre à Sarah ?

— Bien sûr, répond son amie.

— Tu as réussi à joindre mon père ? Tu sais où il est ?

— Plus ou moins.

La jeune fille explique que sa cousine a eu l'idée de téléphoner à New York chez Élise Roy, la tante d'Alice et sœur de M. Roy. L'avocat doit bientôt passer chez elle ; il est convenu qu'elle lui demandera d'appeler Marion dès qu'il arrivera.

— Pourvu que papa m'autorise à entrer dans ce cirque, murmure la jeune détective.

— Moi, j'espère qu'il refusera, bougonne Bess.

Brusquement, Alice éclate de rire.

— Tu veux que je te dise ce qui me tracasse le plus pour l'instant ? lance-t-elle. C'est de savoir comment je vais m'y prendre pour convaincre M. Karl que c'est bien moi Bess Taylor !

Erika, qui a entendu la remarque, s'avance vers les jeunes filles.

— Ça ne sera pas difficile, affirme-t-elle. Notre maquilleuse s'en chargera. Elle vous éclaircira les cheveux à la camomille et les coupera plus court. Vous n'aurez plus qu'à vous mettre un peu de rouge sur les joues, et je vous assure que M. Karl n'y verra que du feu !

Sans perdre une minute, les trois jeunes filles partent ensemble chez la maquilleuse et au bout d'une demi-heure à peine, Alice semble être une autre personne.

— N'importe qui pourrait vous prendre pour la sœur de Bess, assure Erika. Vous êtes plus mince qu'elle, mais je suis sûre que M. Karl ne remarquera pas la différence.

Comme elles quittent la tente de la maquilleuse, elles se heurtent à Marion. Celle-ci regarde Alice d'un air effaré.

— Qu'est-ce qu'il t'est arrivé ? interroge-t-elle.

La jeune détective met son amie au courant des derniers événements. Vite remise de son étonnement, Marion explique alors la raison de sa venue.

— Ton père est d'accord pour que tu remplaces la jeune écuyère, annonce-t-elle à Alice. Et ce n'est pas tout ! Ta tante a décidé de l'accompagner pour assister à la représentation de ce soir. Ils doivent prendre l'avion à quatre heures.

La fille de l'avocat se retient pour ne pas sauter de joie. Soudain, pourtant, elle se souvient qu'elle a promis à Sarah de rentrer à dix-huit heures. Or, il est déjà dix-huit heures trente. Alice décide de lui téléphoner.

« Je vais l'inviter au cirque pour ce soir, songe-t-elle, en composant le numéro de chez elle. Mais je ne lui dirai pas que je dois paraître sur la piste. Ce sera une surprise ! »

Sarah décroche tout de suite.

— Je commençais à m'inquiéter ! s'écrie la gouvernante. Et puis, le lieutenant Kelly a appelé ; il voulait te prévenir qu'un certain Jimmy a disparu. Il a ajouté que tu devais rester sur tes gardes !

La nouvelle déstabilise Alice. Cependant, elle

en déduit vite que, si le palefrenier s’est enfui, c’est certainement parce qu’il est le responsable des incidents survenus récemment.

— Le lieutenant a ajouté autre chose ? demande la jeune détective.

— Oui. Ses hommes ont découvert plusieurs fouets de panoplie cachés dans la chambre de Jimmy. Il paraît qu’il a laissé des vêtements de travail au manège, ce qui signifierait qu’il rôde encore dans les environs. Il est sûrement fou ! Oh, Alice ! Je me fais tellement de souci pour toi !

La jeune fille n’est pas rassurée non plus. Elle aussi pense que Jimmy est sûrement dans les parages, à comploter un nouveau méfait. Dans ces conditions, personne n’est en sécurité. Cependant, Alice s’efforce de rassurer la gouvernante :

— Ne pense plus à tout ça, Sarah, déclare-t-elle avec douceur. Et maintenant, si on parlait de choses plus agréables ? Je vais assister au spectacle de ce soir. Est-ce que tu veux me rejoindre ?

— Avec plaisir, accepte Sarah avec enthousiasme.

— Parfait, je laisserai un billet pour toi au guichet.

Après cette conversation, Alice se met à la

recherche de M. Webster. Celui-ci lui promet de réserver la loge du personnel pour ses invités. Cependant, quand la jeune fille lui parle de Jimmy et des craintes qu'elle a à ce sujet, le visage de M. Webster devient blanc de colère.

— C'est un paresseux, rugit-il, un bon à rien qui passait son temps à nous jouer des tours quand il était ici, et voici qu'à présent il s'en prend à vous !

Pris d'une impulsion subite, le dresseur invite Alice à se rendre sous le chapiteau sans lui, car il a l'intention d'effectuer une ronde pour s'assurer que Jimmy ne traîne pas dans les environs. La jeune détective se hâte d'aller retrouver les deux cousines et, ensemble, les trois jeunes filles pénètrent sous la tente.

Le groupe de voltige est là, au complet, et tous complimentent leur nouvelle camarade sur sa ressemblance avec Bess. Sancho s'approche alors de la jeune détective et l'informe qu'il a réussi à convaincre M. Karl d'assister à la répétition depuis une loge.

— Comme ça, il ne remarquera sûrement pas que c'est vous et non Bess qui est en piste.

Une minute plus tard, le maître de cérémonie entre sous le chapiteau et va s'asseoir dans l'une des galeries.

— Dépêchez-vous, je n'ai pas que ça à faire ! gronde-t-il.

Heureusement, la répétition se déroule sans incident, et l'un des cavaliers complète le numéro par une démonstration acrobatique. Karl paraît satisfait et il se laisse même aller à sourire. Cependant, cette belle humeur disparaît en un clin d'œil et il redevient aussi désagréable qu'à l'ordinaire.

— Ça ira pour quelques jours, déclare-t-il. Je veux que d'ici la semaine prochaine vous ayez trouvé une écuyère pour travailler en étoile, comme Rosa. Votre cavalier est excellent, Sancho, mais le public préfère toujours voir une femme exécuter des exercices difficiles.

Après le départ de Karl, Bess et Marion sortent de la cachette où elles s'étaient réfugiées et Bess souffle à Alice :

— Ouf ! je suis contente que ce soit terminé ! ... jusqu'à la représentation en tout cas.

— J'ai demandé à M. Webster de vous réserver des places. Vous les trouverez au guichet. Bon, maintenant, je dois rejoindre Lolita. À tout à l'heure.

L'acrobate a donné rendez-vous à sa nouvelle amie au réfectoire du cirque, car l'heure du dîner est le seul moment de la journée où ses parents l'autorisent à rencontrer ses camarades de la troupe.

Comme elle s'assoit en face de Lolita, la jeune détective décide d'aborder sur-le-champ le sujet qui la préoccupe depuis que Pedro lui a fait de nouveaux aveux.

— Est-ce que vos parents ont laissé de l'argent ou des biens dont vous pourriez hériter ?

— M. Karl ne m'en a jamais parlé, mais si ça avait été le cas, je pense qu'il me l'aurait dit.

Alice, elle, n'est pas du même avis. Elle est persuadée que le maître de cérémonie a tout intérêt à laisser sa fille adoptive dans l'ignorance.

— En fait, poursuit Lolita, mon père, enfin, M. Karl, m'a toujours expliqué que j'étais pauvre et entièrement à sa charge et, qu'en échange de sa générosité, il ne me restait plus qu'à devenir la meilleure trapéziste du monde...

— Vous y avez réussi, observe Alice en souriant.

À cet instant, un gong résonne et Lolita indique à son amie que c'est le signal avertissant les artistes qu'ils doivent aller se préparer pour la représentation.

— Il faut que je me dépêche d'aller essayer mon costume, déclare Alice. À plus tard, Lolita !

La jeune fille se dirige vers la roulotte où Mme Black l'attend.

— Je vous ai préparé plusieurs tenues, annonce celle-ci aimablement. Voici d'abord celle de Rosa. Essayez-la, on va voir comment elle vous va.

Alice se débarrasse de sa culotte de cheval et de son tee-shirt pour enfiler le maillot collant, le corset pailleté et le tutu rose pâle de l'écuyère. Le tout lui va à la perfection.

Mme Black lui remet alors des chaussons de satin, des bijoux de strass et un diadème, puis la jeune fille se dirige vers la roulotte d'Erika, où toutes deux doivent s'habiller avant de se rendre chez la maquilleuse.

Alice passe devant la tente magasin, portant sous le bras le paquet contenant le costume et ses accessoires, lorsqu'elle se souvient qu'elle n'a pas de crème démaquillante. Elle décide d'en acheter aussitôt, et pénètre sous la tente. Puis, ayant déposé sa tenue de piste sur une chaise, elle cherche la vendeuse. Celle-ci est invisible.

« Tant pis, j'emprunterai celle d'Erika », se dit-elle.

Comme elle fait demi-tour, elle découvre brusquement Jimmy qui s'empare de son costume.

— Arrêtez ! crie-t-elle.

Mais l'homme a déjà pris la fuite...

chapitre 11

La représentation

Alice scrute les alentours.

— Où a-t-il bien pu filer ? fulmine-t-elle.

Se laissant guider par son intuition, elle part en direction de l'une des sorties du cirque, la plus proche du magasin. Mais, à sa grande déception, elle n'aperçoit pas la moindre trace du fugitif. Alors, la jeune fille court vers une autre sortie.

À cet instant, elle aperçoit un ouvrier occupé à démonter une petite tente et elle lui demande s'il a vu quelqu'un s'enfuir.

— Non, mademoiselle, répond-il. Qui cherchez-vous ?

— Un homme appelé Jimmy. Il a travaillé comme palefrenier dans ce cirque il y a quelque temps, précise Alice.

— Ah, oui ! je le connais.

— Il vient de voler mon costume, reprend la jeune détective. Vous pouvez m'aider à la retrouver ?

— Comptez sur moi, assure l'homme.

Il part aussitôt à la recherche de Jimmy, tandis qu'Alice court raconter sa mésaventure à M. Webster. Celui-ci est abasourdi.

— J'ai pourtant fouillé le campement dans ses moindres recoins, enrage-t-il, et j'avais ordonné de surveiller toutes les entrées !

Immédiatement, M. Webster décroche le téléphone. Il appelle d'abord la vendeuse de billets, puis toutes les personnes installées à proximité des issues du cirque. Le dernier contrôleur auquel il s'adresse lui dit brusquement :

— Attendez un instant !

Au bout d'une minute, il annonce qu'il a retrouvé le costume.

— Il était dans une caisse derrière une baraque, explique-t-il. J'ai bien vu un homme y déposer un paquet tout à l'heure, mais je n'y ai pas prêté attention. C'était sûrement Jimmy.

— Vous vous rappelez de quel côté il est parti ?

— J'avoue que non... Mais je suis sûr qu'il n'est pas sorti du cirque : j'ai monté la garde sans arrêt, comme vous l'aviez exigé.

« Jimmy est donc toujours ici », songe Alice avec effroi.

M. Webster prie le contrôleur d'apporter le costume immédiatement, puis il recommande à la jeune fille de demeurer vigilante.

— Ne restez pas seule, même une minute, lui conseille-t-il.

Quand elle récupère le costume, la jeune fille constate avec soulagement qu'il est intact. Jimmy a de toute évidence volé une caisse dans le magasin, et il y a jeté le costume et les accessoires. De cette façon, il a pu circuler dans le campement sans se faire remarquer.

Alice remercie M. Webster et court rejoindre Erika afin de se préparer pour la représentation.

— Où étais-tu ? demande l'écuyère. Il ne reste qu'un quart d'heure avant la parade et il faut qu'on passe chez la maquilleuse avant !

Quand Alice raconte ce qui lui est arrivé, Erika est stupéfaite.

— J'espère que ce fou furieux a quitté le campement, murmure-t-elle en aidant sa camarade à s'habiller.

Dès que celle-ci est en tenue de piste, elles se précipitent chez la maquilleuse. Celle-ci a tout juste le temps de les farder légèrement avant que le signal d'entrée en piste ne résonne. Les deux écuyères gagnent les coulisses en courant et se mettent en selle. Aussitôt, la fanfare attaque une ouverture et, un instant plus tard, la parade commence.

Alice n'a jamais été aussi émue, ni plus nerveuse. D'un côté, elle est impatiente de se trouver sur la piste, parmi les gens du cirque, de l'autre, elle est angoissée à l'idée que Jimmy puisse être caché dans les parages, prêt à lui nuire, à elle ou à ses compagnons.

Comme la jeune fille passe devant la loge où son père et sa tante sont installés, elle remarque à sa grande joie que ses amies Bess et Marion sont présentes, de même que Ned et Sarah. Ils lui font signe, mais elle n'ose pas leur répondre, se disant que M. Karl ou l'un de ses espions l'observent peut-être.

La parade s'achève et c'est ensuite l'entrée des sept clowns. Lorsque ceux-ci ont terminé, M. Karl paraît sur la piste afin d'annoncer le numéro de voltige équestre.

— Mesdames et messieurs, commence-t-il, vous allez admirer les cavaliers les plus adroits et les écuyères les plus gracieuses du monde. La famille Vasco va exécuter devant vous les exercices les plus téméraires que l'on ait jamais vus ! Voici les Vasco !

Dans les coulisses, Alice ne peut s'empêcher de sourire. Non seulement elle n'appartient pas à la famille Vasco, mais aucun de ses camarades n'a le moindre lien de parenté avec les autres.

Les chevaux entrent au trot et le numéro commence. Au rythme de la musique, les bêtes prennent un petit galop et les artistes effectuent leurs exercices. Dans leur loge, James Roy et ses amis se cramponnent nerveusement au bras de leur fauteuil, le regard fixé sur Alice. Ils ont du mal à en croire leurs yeux et à s'imaginer qu'elle est vraiment l'une des écuyères du cirque Sim !

La toute nouvelle recrue de la troupe se surpasse. Elle ne commet pas une seule faute et est elle-même étonnée de ce qu'elle parvient à réaliser. Lorsque Sancho bondit derrière elle sur la croupe du cheval, il murmure :

— Vous avez été magnifique !

Le numéro se poursuit à un rythme rapide. Mais à l'instant où l'un des cavaliers commence une série d'exercices en étoile, un spectateur pousse un cri perçant.

Les artistes se retournent juste à temps pour voir fondre sur eux un lourd trapèze que quelqu'un vient de lancer du haut des gradins. Rapides comme l'éclair, écuyères et cavaliers tirent leurs montures le long de la banquette et se jettent à plat ventre. Le projectile rase les têtes et s'abat à l'entrée des coulisses.

Bien vite, les voltigeurs retrouvent leur sang-froid et reprennent leur numéro. Alice, qui observe les gradins du coin de l'œil, voit des spectateurs poursuivre un homme. Malheureusement, celui-ci parvient à s'engouffrer dans l'une des issues et disparaît. La jeune détective comprend que ce nouvel incident est, comme les précédents, l'œuvre de Jimmy...

Une fois le numéro terminé, Alice regagne la roulotte qu'elle partage avec Erika. Elle quitte son costume de piste et enfile sa tenue de ville.

— Où vas-tu ? s'inquiète sa compagne.

— Je vais rejoindre mon père dans sa loge.

— N'oublie pas d'être de retour pour le final, lui rappelle Erika. La troupe au grand complet doit reparaître sur la piste. M. Karl assiste toujours à cette partie du spectacle et il compte les artistes présents sur scène. Si, par hasard, il en manque un, il entre dans une colère épouvantable.

— Je te promets de revenir à temps, assure Alice.

Erika jette un coup d'œil à sa montre.

— Tu as exactement deux heures devant toi !

— Très bien, ça me laisse de la marge, calcule Alice.

Auparavant, la jeune fille passe voir

M. Webster pour savoir si l'homme qui a lancé le trapèze a été retrouvé.

— Hélas, non, déplore-t-il. Je suis persuadé que c'était Jimmy et malheureusement, il court encore...

Le jeune détective se dirige ensuite vers la loge que ses invités occupent et se glisse sur un fauteuil à côté de Ned. Elle souffle à son ami qu'elle veut tenter une petite expédition de reconnaissance et qu'elle aimerait qu'il l'accompagne.

— Je ne demande pas mieux, accepte le jeune homme. Où veux-tu aller ?

— Chez Roberto, répond-elle. Il faut que je jette un coup d'œil dans les écuries. Jimmy a disparu et il paraît qu'il a laissé ses vêtements au manège. Ça ne m'étonnerait pas qu'il s'y cache.

La jeune fille murmure à son père qu'elle s'absente un moment avec Ned. À peine une minute plus tard, Ned prend le volant de sa voiture et ils se mettent en route. Ils arrivent au manège rapidement.

— Qu'est-ce qu'il fait noir ici, remarque Ned en freinant. Et ce silence ! C'est sinistre...

La jeune détective prie son ami de garer sa voiture à quelque distance de l'entrée, afin qu'ils puissent approcher sans bruit. Puis ils gagnent le portail. Soudain, Alice saisit le bras de Ned.

— Écoute, murmure-t-elle. Tu n'as pas entendu une porte grincer ?

— Ça devait être le vent.

Presque aussitôt, un bruit de sabots et des hennissements affolés leur parviennent. Alice s'arrête net.

— C'est Mirabelle, s'écrie-t-elle. Ned, quelqu'un essaie de la voler !

chapitre 12

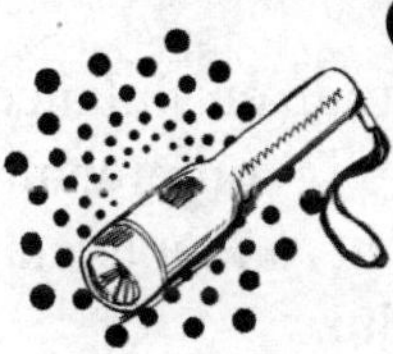

La poursuite

Alice et Ned se précipitent vers une petite rue transversale sur laquelle donnent les écuries. Cependant, le mystérieux cavalier a pris de l'avance. Dans la pénombre, les deux amis distinguent, le temps d'un éclair, l'homme et sa monture filant au galop.

— Je suis sûre que c'est Mirabelle, répète la jeune détective. Il faut les rattraper !

— Oui, dépêchons-nous, approuve Ned.

Les deux jeunes gens courent à la voiture. Ils roulent en silence pendant plus d'un kilomètre avant d'entendre de nouveau le bruit sourd et régulier des sabots.

Cependant, le cavalier a deviné qu'il est suivi. Comme il approche d'un terrain vague, il oblique brusquement et s'engouffre dans le champ.

— Il ne nous reste plus qu'à abandonner la voiture et à continuer la poursuite à pied, enrage Alice.

Elle saisit déjà la poignée de la portière, quand Ned s'écrie :

— Attends !

Le jeune homme vire à son tour et s'élance sur les traces du cavalier. Celui-ci, comprenant qu'il n'est pas tiré d'affaire, fait un nouveau crochet puis fonce droit devant lui.

L'ami d'Alice tourne lui aussi violemment. Malgré le sol humide et lourd, il ne perd pas de vue le cavalier et gagne même du terrain sur lui, quand tout à coup, il se trouve arrêté net par un ruisseau qui coule en bordure d'un bois.

— Cette fois, on ne peut aller plus loin, constate la jeune fille, tandis que son ami coupe le contact.

Alice descend de voiture et lance à pleine voix :

— Mirabelle ! Mirabelle, viens ici !

La jument entend sans doute sa cavalière habituelle, car le bruit des sabots s'arrête brusquement. Un instant plus tard, Alice et Ned perçoivent des cris de rage :

— Tu vas avancer, sale bête ? hurle une voix.

— Ned, tu as une lampe de poche ? demande la jeune détective.

— Oui, dans la boîte à gants.

La jeune fille s'élance vers la voiture. Au moment où elle ouvre la portière, la jument pousse un hennissement.

— Mirabelle ! Viens ici ! répète Alice.

S'emparant de la lampe, elle l'allume et la tient au-dessus de sa tête. Puis elle la balance à droite et à gauche, en continuant à appeler l'animal. Soudain un galop effréné retentit et, dans un grand bruit de branches brisées, un cheval apparaît, éclairé en plein par la lumière des phares. C'est Mirabelle, montée par Jimmy !

Arrivée au bord du ruisseau, la jument s'arrête. Son cavalier tire si fort sur les rênes que la tête de l'animal se renverse vers le ciel, bouche ouverte et mâchoire découverte.

— Le sauvage ! hurle Ned.

Fou de rage, il franchit le ruisseau d'un bond. Voyant cela, Jimmy n'a que le temps de sauter à bas de sa monture. En un clin d'œil, il plonge dans le bois, poursuivi par Ned. De son côté, Mirabelle traverse le ruisseau et s'approche d'Alice, qui se met aussitôt à la flatter.

— Là, là, tout va bien, la réconforte-t-elle.

Tout à coup, la jeune fille entend un hurlement.

« Pourvu que Ned ne soit pas blessé ! » songe-t-elle avec effroi.

Elle saute sur Mirabelle, l'entraîne par-dessus le ruisseau et pénètre dans le bois. Avec angoisse, la jeune fille appelle Ned. Il n'y a pas de réponse.

Promenant autour d'elle le faisceau de sa lampe, elle s'avance sous les grands arbres qui forment une forêt dense derrière le bois. Et quelques instants plus tard, stupéfaite, elle découvre Ned et Jimmy sans connaissance à l'entrée d'une petite clairière.

La jeune fille saute aussitôt à terre et s'élance vers son ami. Celui-ci commence à reprendre ses esprits. Alice lui frictionne le front et les mains et, bientôt, il ouvre les yeux.

— Tu m'as fait une de ces peurs, murmure la jeune fille, l'aidant à s'asseoir.

— Où est Jimmy ? demande Ned.

— Ici, répond Alice, en désignant l'homme évanoui.

Et, dirigeant sa lampe vers le palefrenier, elle constate que lui non plus ne semble pas blessé.

— Qu'est-ce qu'il s'est passé ?

Encore hébété, le jeune homme raconte qu'il a bondi sur Jimmy et que tous deux ont roulé sur le sol dans l'obscurité. Son adversaire l'a saisi à la gorge et a cherché à l'étrangler. Mais au moment où Ned allait perdre connaissance, dans un sursaut désespéré il a donné un violent coup de poing dans la mâchoire du palefrenier.

— Je l'ai mis K.O., c'est sûr, termine Ned, mais je n'ai pas eu le temps de m'en apercevoir : ma tête bourdonnait de plus en plus et j'ai perdu connaissance.

Lorsque le jeune homme se sent mieux, il aide son amie à hisser le corps inerte de Jimmy sur le dos de Mirabelle, puis ils reviennent sur leurs pas. Alice tient la jument par la bride, tandis que Ned surveille le prisonnier au cas où il reviendrait à lui.

— Si Jimmy reste seul avec moi dans la voiture pendant que tu ramènes Mirabelle, il est capable d'essayer de m'assommer pendant que je conduis.

Après un instant de réflexion, le jeune homme poursuit :

— Tu crois que Mirabelle peut porter deux cavaliers sur une petite distance ?

— Oui, sans aucun doute.

— Alors voici ce que je te propose : tu vas prendre la voiture, et moi, je ramènerai Mirabelle avec ce bandit en travers de ma selle.

— C'est d'accord, approuve la jeune détective.

Aussitôt, ils se mettent en route. Alice suit la jument, et roule à son pas, ne voulant pas que son compagnon se trouve seul à aucun moment avec Jimmy. Heureusement, l'homme ne reprend pas connaissance avant que Ned l'ait transporté dans l'écurie et étendu sur le sol. Les deux amis se dépêchent alors de lui lier bras et jambes avec des sangles et des courroies empruntées à des selles et des harnais.

Ils viennent de terminer quand Jimmy retrouve enfin sa lucidité. Il essaie de s'asseoir, mais découvre que c'est impossible, car il est étroitement ligoté. Il se met alors à se démener et à crier comme un possédé.

— Vous avez pas mal de choses sur la conscience, Jimmy, observe Ned. Et je crois que vous feriez bien de parler.

— Je n'ai rien à vous dire, grommelle le palefrenier. J'ai juste emprunté Mirabelle pour aller me promener.

— Si vous ne voulez rien nous avouer, c'est votre choix, lui accorde Alice. Mais je suis certaine que vous raconterez tout à la police.

Elle se dirige vers un téléphone à pièces accroché au mur.

— Laisse, Alice, je vais appeler le lieutenant Kelly, propose Ned. Pendant ce temps, tu n'as qu'à essayer de tirer quelque chose de Jimmy.

S'armant de patience, la jeune fille revient vers le prisonnier et lui demande pourquoi il a essayé de l'étrangler pendant la première représentation du cirque Sim.

Comme il ne répond pas, elle insiste :

— Vous savez que la police vous recherche. Si vous n'avez rien à vous reprocher, pourquoi avez-vous quitté M. Roberto ?

— Rien ne m'oblige à travailler ici si ça ne me plaît pas, réplique l'homme d'un air buté.

— Qu'est-ce qui vous a poussé à me lancer une pierre, ici, au manège, et pourquoi avez-vous provoqué la chute de Rosa ? reprend calmement la jeune fille.

— Je ne vous dirai rien, riposte l'homme avec rage.

Au bout d'un moment, Ned revient. Il annonce à Alice que le lieutenant Kelly en personne va venir arrêter Jimmy. En attendant son arrivée, les jeunes gens évoquent les différents éléments de l'affaire. Puis le jeune homme observe :

— Tu ne trouves pas bizarre que des écuries qui abritent des bêtes d'une telle valeur ne soient pas mieux gardées ?

— C'est vrai, convient Alice. Mais M. Roberto a un appartement au premier.

Cependant, plus la jeune détective réfléchit et plus elle est sûre que le directeur du manège ne se serait jamais absenté en laissant ses écuries sans surveillance. D'ailleurs, elle sait que, lorsqu'il doit s'éloigner, le maître de manège fait appel à l'un de ses amis, qui s'installe au manège en son absence.

— Ned, souffle-t-elle finalement, je suis inquiète. Tu ne voudrais pas monter au premier étage ? J'aimerais être sûre que M. Roberto n'est pas chez lui.

Le jeune homme presse alors le bouton électrique qui commande l'éclairage du petit escalier partant de l'écurie et monte quatre à quatre les marches. Un instant plus tard, il s'écrie :

— Alice, viens vite !

chapitre 13

L'enquête se poursuit

Un spectacle bouleversant attend Alice au premier étage du manège : M. Roberto est étendu, ligoté et bâillonné ! Il a le torse nu et la jeune fille remarque sur sa poitrine et sur son cou de longues balafres rouges qui ressemblent à des traces de fouet.

Ned a déjà enlevé le bâillon et la jeune détective se précipite pour l'aider à dénouer les liens qui enserrent les bras de son professeur. Puis, ils coupent la corde qui lui lie les chevilles.

— Je vais chercher de l'eau, décrète Alice, et essayer de trouver la trousse de secours que M. Roberto garde toujours sous la main, en cas d'accident.

— Je crois qu'il vaudrait mieux le transporter à l'hôpital, suggère Ned.

— Les policiers vont arriver d'une minute à l'autre, ils décideront, tranche son amie.

Alice découvre une petite boîte à pharmacie dans l'écurie. Elle badigeonne les traces laissées par le fouet avec une solution antiseptique, mais le maître de manège ne reprend pas connaissance. Ne sachant plus que faire, les jeunes gens voient arriver le lieutenant Kelly avec un extrême soulagement.

— Cet homme est dans un état sérieux, déclare le lieutenant. Robert, conduisez-le à l'hôpital avec Bill, puis revenez ici.

Immédiatement, les deux policiers transportent M. Roberto dans leur voiture. Après leur départ, le lieutenant s'approche de Jimmy et il demande à Alice si le palefrenier est responsable de l'agression commise sur le maître de manège.

— Je n'ai pas eu le temps de le questionner à ce sujet, avoue la jeune fille. On n'avait pas encore découvert M. Roberto quand on vous a téléphoné.

Avec l'aide de Ned, le lieutenant débarrasse Jimmy de ses liens, puis il commence à l'interroger. Comme le palefrenier nie avoir agressé M. Roberto, M. Kelly change de méthode :

— Racontez-moi toute l'affaire, Jimmy, et dites la vérité. Le tribunal en tiendra compte.

L'homme fronce les sourcils et s'enferme dans un silence obstiné. Pourtant, après avoir subi un interrogatoire en règle pendant près de vingt minutes, il capitule :

— Je déteste le cirque Sim et tous ceux qui y travaillent ! Les cirques sont des endroits maudits, et les gens qui les dirigent sont des fous. À commencer par Karl !

Lorsqu'elle entend ces mots, la jeune détective se penche en avant pour ne pas perdre une syllabe.

— Il a beau jouer les chefs, crache le palefrenier, ce n'est qu'un voleur !

— Comment le savez-vous ? demande le lieutenant.

Au grand désespoir d'Alice, Jimmy se tait et refuse d'en révéler davantage.

— Je pourrais dire des tas de choses sur lui et sur bien d'autres gens du cirque Sim, grommelle-t-il, mais je ne vois pas pourquoi je parlerais. Qu'est-ce que j'y gagnerais ? C'est eux qui devraient aller en prison, pas moi !

Soudain, il pousse un cri terrible, et, profitant de la surprise qu'il provoque, Jimmy s'élance vers la porte. Réagissant dans la seconde, Ned et le lieutenant bondissent sur lui.

— Puisque vous ne voulez pas rester tranquille, il va falloir que je vous mette des menottes, déclare M. Kelly.

Et, joignant le geste à la parole il sort de sa poche une paire de menottes qu'il referme sur les poignets de l'homme.

Tout à coup, une horloge se met à sonner quelque part. Alice s'écrie :

— Ned, le cirque ! Il faut que j'y retourne immédiatement pour ne pas manquer le final : je n'ai plus que vingt minutes !

Les jeunes gens se retirent en toute hâte. Ned appuie à fond sur l'accélérateur. Cependant, au bout d'un kilomètre environ, une moto de police les rejoint dans un vacarme infernal, et le conducteur leur ordonne de s'arrêter.

Alice sent le cœur lui manquer. Elle sait que son compagnon a largement dépassé la vitesse autorisée, mais le moindre retard signifie qu'elle va manquer le final du cirque. Si jamais M. Karl remarque son absence, la troupe des Vasco tout entière risque de perdre son emploi le soir même !

— Monsieur, je vous en prie, implore vivement la jeune fille, se penchant à la portière, je suis une artiste du cirque Sim et il faut que je rentre tout de suite pour la fin de la représentation.

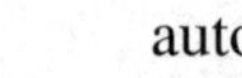

— Ah bon ? J'aurais plutôt cru que vous étiez Alice Roy, la célèbre détective.

Ned et Alice se mettent à rire et la jeune fille reconnaît que l'homme a deviné juste. Ensuite, elle lui expose brièvement le rôle qu'elle tient au cirque et les raisons qui l'ont incitée à l'accepter.

— Et puis, ajoute le jeune homme, Alice vient de capturer le palefrenier recherché par la police.

Le motard se fait donner quelques détails sur l'arrestation de Jimmy. Alice bout d'impatience, pourtant, elle se rend vite compte que ce n'est pas une perte de temps, bien au contraire. En effet, le policier déclare finalement qu'il est d'accord pour fermer les yeux sur l'infraction commise par Ned, et propose de leur ouvrir la route jusqu'au cirque.

Ainsi, il ne faut que quelques minutes aux deux amis pour parvenir à destination. En sautant de la voiture, Alice promet à son ami de le retrouver à la sortie principale après la représentation. Puis elle pénètre dans l'enceinte du cirque en courant.

Erika l'attend avec angoisse. En moins de temps qu'il ne faut pour le dire, elle l'aide à endosser son costume d'écuyère avant de l'entraîner vers les coulisses du chapiteau au pas de course. Lorsque les deux filles rejoignent le reste de la troupe, tout le monde est déjà rassemblé. La parade finale commence à peine quelques secondes plus tard. Et quand les Vasco effectuent leur tour de piste pour saluer le public, de vifs applaudissements les accueillent.

C'est la dernière représentation du cirque Sim à River City. Le lendemain, la troupe doit donner son spectacle dans une ville voisine, Danford. Chacun espère que l'accueil y sera aussi chaleureux qu'à River City.

Quelques minutes plus tard, lorsqu'elle a regagné la roulotte d'Erika, Alice veut reprendre sa tenue de ville.

— Qu'est-ce que tu fais encore ? s'étonne Erika.

— Je rentre à la maison, je vous retrouverai demain à Danford.

— Mais c'est interdit ! s'exclame l'artiste. Personne n'a le droit de s'absenter du cirque pendant la nuit.

— Je n'appartiens pas vraiment à la troupe, proteste la jeune détective.

— À ta place, je demanderais son avis à M. Webster..., conseille Erika.

Suivant la recommandation de l'écuyère, la jeune fille se rend chez le dresseur.

— Karl a la fâcheuse habitude de passer voir

les membres de la troupe à l'improviste pour vérifier que tout le monde est bien là, explique-t-il. Aussi je vous conseille de suivre le cirque à Danford. On part tout à l'heure.

— Comment ? lâche Alice, étonnée, vous vous déplacez pendant la nuit ?

— Vous avez beaucoup de choses à apprendre sur la vie du cirque, déclare M. Webster. Vous auriez à peine le temps de rentrer chez vous, qu'ici, les tentes seraient déjà démontées, le personnel installé dans les roulottes, les cars et les camions, et tout le cirque en route pour Danford !

— Mais il me faut des vêtements ! s'écrie Alice.

— Débrouillez-vous. Nous partons dans moins d'une demi-heure.

La jeune détective court rejoindre sa famille et ses amis, qui l'attendent dehors et la félicitent chaleureusement.

— Alice, tu as été merveilleuse, s'écrie Sarah, très émue. Mais que j'ai eu peur pour toi !

La jeune fille embrasse tendrement la vieille gouvernante ainsi que son père et sa tante, qui se déclarent très fiers d'elle. Ned aussi est là. Il regarde avec stupéfaction le chapiteau dont la toile s'abat soudain sur le sol, une fois les mâts et les haubans qui la soutenaient démontés.

— Je vois qu'on plie bagage, dit-il à Alice.

— Oui, et figure-toi que j'en fais autant.

— Comment ça, Alice ? s'exclame Sarah. Il est hors de question que tu partes sur les routes comme ça !

Alice leur explique alors qu'elle n'a pas le choix et prie Ned d'accompagner sa famille pour lui rapporter au plus vite quelques vêtements.

— C'est d'accord, je serai de retour dans quinze minutes, promet le jeune homme.

Après lui avoir recommandé la plus grande prudence, son père et sa tante, ainsi que ses deux amies, lui souhaitent bonne chance et rentrent à River City. Fidèle à sa parole, Ned revient au cirque en un temps record. À regret, il dit au revoir à Alice, et ajoute qu'il est prêt à la suivre à Danford si elle a besoin de lui pour continuer son enquête.

— C'est gentil, murmure-t-elle en l'embrassant. Je te téléphonerai si c'est nécessaire.

Puis la jeune fille se dépêche de rejoindre Erika. Celle-ci est déjà en robe de chambre et en pantoufles et attend la jeune fille pour se mettre au lit.

Pendant le voyage, Alice peut à peine fermer

l'œil, car le bruit et les cahots la tiennent éveillée. Sur l'ordre de M. Karl, aucune roulotte ne doit quitter le convoi transportant le matériel et les animaux. Aussi le rythme est-il très lent, et de temps à autre l'un des fauves de la ménagerie pousse un cri qui fait sursauter la jeune fille. De son côté, Erika qui s'est assoupie dès le départ, habituée au remue-ménage accompagnant le cirque, dort profondément.

Le lendemain matin, à Danford, la jeune détective décide de profiter des quelques heures de temps libre qu'il lui reste avant la représentation pour poursuivre ses recherches. Elle bavarde donc avec plusieurs artistes de la troupe, les questionnant habilement sur les Karl, sur le cirque lui-même et sur ce qu'ils savent des parents de Lolita. Toutefois, la jeune fille n'apprend rien de plus que ce qu'elle sait déjà jusqu'à ce qu'elle se présente devant le plus âgé des clowns, un homme aux cheveux grisonnants que l'on appelle Léo.

Il est assis à la porte de sa tente et feuillette un gros cahier à couverture de moleskine noire. Alice s'accroupit par terre à côté de lui et engage la conversation.

— Avant de vous révéler quoi que ce soit, chuchote-t-il au bout d'un moment, j'aimerais savoir pourquoi vous m'interrogez.

Alice lui explique alors comment un bracelet que sa tante lui a offert l'a poussée à s'intéresser au cirque Sim et à Lolita. Elle assure qu'elle cherche à aider Lolita et qu'elle souhaite percer le mystère qui entoure la jeune fille.

En silence, Léo recommence à tourner les pages. Et, s'arrêtant sur l'une d'elles, il retourne le cahier ouvert et le dépose devant la jeune fille.

— Vous trouverez ici une partie des réponses que vous attendez, dit-il simplement.

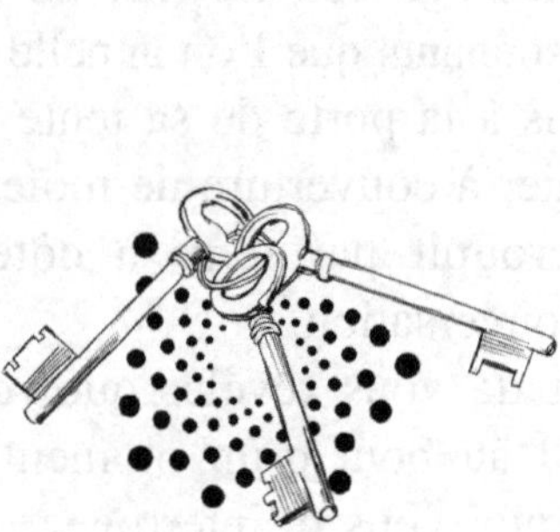

chapitre 14

Le cahier noir

Dans le vieux cahier noir s'étalent des portraits d'artistes et des coupures de journaux sur le grand cirque européen auquel le vieux clown appartenait autrefois, du temps où les parents de Lolita en étaient les vedettes. L'une des images montre les deux artistes John et Lola Flanders emportés dans l'espace sur un double trapèze.

En fait, le cahier renferme de nombreuses photographies du célèbre couple, dans ses exercices les plus difficiles. En les regardant, Alice comprend que Lolita a hérité de la grâce et de l'adresse de ses parents.

Reprenant l'album, le clown tourne plusieurs pages du cahier puis met sous les yeux de la jeune détective une longue série d'articles parus dans des journaux d'Europe au sujet de l'accident. La jeune fille apprend alors que John Flanders a été tué sur le coup. Quant à sa femme, ses blessures étaient si graves que les médecins lui laissaient peu de chances de survivre.

— Pourquoi aucun journal n'a-t-il donné de ses nouvelles par la suite ?

Le clown jette un coup d'œil autour de lui comme s'il craignait que quelqu'un puisse entendre ce qu'il allait dire. Il se penche vers la jeune fille et murmure :

— C'est là qu'est le mystère : personne n'a jamais su ce que Lola était devenue. Le bruit a couru à l'époque qu'on l'avait emmenée en Angleterre et qu'elle avait disparu.

À cette nouvelle, Alice sursaute. Ainsi, le père de Pedro a peut-être eu raison en croyant voir Lola Flanders près de chez lui !

— D'après ce que j'ai entendu, reprend-elle, les Flanders étaient très riches.

Léo baisse encore la voix.

— Oui, chuchote-t-il. John et Lola avaient amassé une immense fortune. On ignore ce qu'elle est devenue... Mais, ici, les gens qui n'aiment pas M. Karl le soupçonnent de s'en être emparé. Et ils sont prêts à jurer que Lolita ne verra jamais la couleur de cet argent.

— Les parents de Lolita sont devenus riches uniquement grâce à leur numéro de cirque ?

— Pas exactement, rectifie le clown. John et Lola étaient très appréciés dans les cours royales d'Europe et ils donnaient souvent des représentations privées. À chaque fois, on leur faisait un pont d'or. D'ailleurs, une reine s'était prise d'affection pour Lola et elle lui avait offert des bijoux superbes. Elle avait même fait ciseler un bracelet d'or exprès pour elle.

— Vous pourriez me le décrire ? le presse Alice, réprimant à grand peine son excitation.

— Je ne l'ai vu qu'une seule fois, mais je ne l'ai jamais oublié. C'était une chaîne en or massif ; six petites pendeloques y étaient suspendues. Elles représentaient chacune un cheval dans une allure différente, et la sixième était la réplique du cheval au petit galop. C'était un magnifique travail d'orfèvre. Vous pensez que votre bracelet pourrait être celui-ci ?

— J'en ai bien l'impression. Pedro m'a dit que la pendeloque que Lolita porte en pendentif est un cadeau de sa mère. Vous croyez qu'elle a pu appartenir à mon bracelet ?

Léo réfléchit un moment, puis lâche :

— À mon avis, le pendentif de Lolita n'est qu'une imitation. Il brille moins que les pendeloques du bracelet de sa mère et les détails sont moins soignés.

Alice est stupéfaite par cette remarque.

« Si Léo a raison, la situation se complique, juge-t-elle. Il faut que j'éclaircisse ce point rapidement et, pour ça, je dois reprendre mon bracelet et le comparer avec le pendentif de Lolita. »

La jeune détective remercie le clown des précieux renseignements qu'il lui a fournis. Puis, avant de regagner sa roulotte, elle téléphone à son père. Elle lui donne les dernières nouvelles de l'affaire et lui demande d'organiser des recherches sur Lola en Angleterre.

Les représentations de l'après-midi et du soir se déroulent sans le moindre incident, et Alice, qui a tenu son rôle à la perfection dans le numéro, regagne sa roulotte enchantée. Cependant, malgré la satisfaction qu'elle retire de sa nouvelle expérience, la jeune détective se rend compte que la vie des artistes de cirque est épuisante. Alors qu'elle ôte son costume d'écuyère, songeant avec bonheur au repos qui l'attend, Erika arrive en courant, les yeux brillants.

— Vite, dépêche-toi de t'habiller, crie-t-elle. On va à une soirée !

— Impossible, je suis beaucoup trop fatiguée !

— Mais il faut que tu viennes ! insiste l'écuyère. C'est Lolita qui nous invite et elle a une surprise pour toi !

— Une surprise ? répète Alice.

Mais Erika ne veut pas lui en dire davantage. Les deux jeunes filles s'habillent en vitesse, puis Erika conduit sa compagne jusqu'à la roulotte de Sancho. Lolita et Pedro s'y trouvent, entourés des meilleurs amis qu'ils ont dans la troupe. Sur une table, des assiettes de sandwiches et des bouteilles de limonade ont été préparées.

— Oh ! Alice, s'écrie Lolita, sautant au cou de la jeune fille, comme je suis contente que tu sois venue ! Je ne sais pas par où commencer pour te raconter ce qui s'est passé en quelques heures.

Elle regarde Pedro, lui prend la main, puis continue :

— Mon père adoptif a été odieux avec moi aujourd'hui et j'ai décidé que je ne le supporterai pas un jour de plus. Pedro et moi, on va s'enfuir cette nuit !

Alice, abasourdie, regarde Lolita un instant. Puis elle s'exclame d'une voix sourde :

— Il ne faut surtout pas, pas maintenant !

Devant l'étonnement de l'assistance, la jeune détective explique rapidement qu'elle a aujourd'hui même découvert plusieurs choses intéressantes au sujet des Karl et des véritables parents de Lolita et que le départ de la jeune fille serait une catastrophe pour son enquête.

— Je suis désolée, poursuit-elle, mais je crois vraiment que Lolita et Pedro devraient rester encore au cirque Sim pour surveiller les faits et gestes de M. Karl.

Tout le monde se regarde, stupéfait. Que signifient donc ces paroles ?

— Je ne peux pas vous donner plus de détails, s'excuse Alice. Mais je vais tout de même vous dire quelque chose : Lola, la mère de Lolita, est peut-être encore vivante, et je soupçonne que des sommes importantes lui appartenant ont été détournées. Et, pour être honnête, je pense que M. Karl est mêlé à ces manigances.

Pedro s'approche d'Alice et lui apprend que c'est lui qui a décidé Lolita à s'enfuir. En effet, il ne peut supporter davantage la manière dont M. Karl traite sa fille adoptive.

— Cet homme ne s'intéresse qu'à l'argent que lui rapporte le talent de Lolita, lâche-t-il avec colère. Cependant, si notre présence est nécessaire à votre enquête, on restera...

La jeune détective sourit et s'explique :

— Si vous partez ensemble, j'ai peur que M. Karl n'ait encore plus de soupçons. Il serait même capable de me rendre responsable de votre fuite. D'ailleurs, il ne va certainement pas tarder à découvrir ma supercherie. S'il s'aperçoit qu'en plus, je me mêle de ses affaires, il me renverra sur-le-champ. Et à ce moment-là, Lolita, j'aurai besoin de toi, pour le surveiller à ma place.

— Vous m'avez convaincu, déclare Pedro. Se tournant vers Lolita, il ajoute : Alice a raison, on va attendre encore un peu.

— C'est plus sage, convient l'artiste, malgré sa déception visible. Et puis, comme ça, on pourra faire un mariage plus gai, avec beaucoup d'invités !

L'acrobate remercie son amie de ses conseils, puis invite ses amis à se régaler des sandwiches préparés par la femme de Sancho.

Le lendemain matin, de bonne heure, Alice a la surprise de recevoir la visite de son père. Celui-ci déclare qu'il a eu un mal fou à pénétrer dans l'enceinte du cirque.

— J'ai été obligé de réclamer un laissez-passer au commissaire de police de Danford pour que le gardien me laisse entrer !

— Tu dois avoir des choses importantes à me dire pour t'être donné autant de mal ! plaisante la fille de l'avocat.

— Effectivement, reconnaît James Roy. J'ai pensé que ce n'était pas le genre de renseignements qu'on peut communiquer par téléphone. Ce matin, le lieutenant Kelly m'a appelé pour me demander de passer à la prison de River City, parce que Jimmy s'est décidé à passer aux aveux.

— C'est vrai ? s'écrie la jeune fille.

— Oui, confirme son père. Au moment où il travaillait encore au cirque Sim, il a entendu M. Karl accuser sa femme d'avoir enlevé quelqu'un. Pendant près d'un an, Jimmy a exercé un chantage sur M. Karl, le menaçant de révéler ce qu'il avait appris. Quand le maître de cérémonie en a eu assez de se faire extorquer de l'argent, il a mis Jimmy à la porte.

— Karl devait connaître aussi certaines choses sur son compte, en déduit Alice. Ça expliquerait pourquoi Jimmy ne l'a pas dénoncé en fin de compte...

— Certainement, approuve l'avocat. Cela dit, quand Jimmy a su que le cirque allait s'arrêter à River City, il a décidé d'essayer de rentrer dans les bonnes grâces de Karl. Celui-ci a refusé catégoriquement de le reprendre à son service, mais en revanche, il a conclu un marché avec lui... à ton sujet !

— Quoi ? s'exclame la jeune détective, stupéfaite.

— Jimmy connaissait l'existence du bracelet à pendeloques, explique l'avocat. Aussi, quand il a vu le bracelet que tu portais au manège, il a compris que tu étais en possession du bijou qui appartenait autrefois à la mère de Lolita et a rendu visite à M. Karl.

— Et il lui a tout raconté..., suggère la jeune fille.

— Oui, confirme son père. Il a ainsi touché une somme rondelette en échange de son renseignement. Puis M. Karl lui a confié la mission de t'empêcher par tous les moyens d'enquêter sur le mystère de Lolita. Voilà pourquoi il a essayé de t'étrangler à moitié pour t'effrayer et de te blesser en lançant un trapèze pendant ton numéro !

— Mais pourquoi est-ce qu'il s'en est pris aussi à Rosa ? demande Alice. Et à moi au manège alors qu'il n'avait pas encore rencontré M. Karl ?

— Jimmy a dû agir dans un accès de jalousie et de colère. Il déteste d'instinct tous les cavaliers et tous les dresseurs de chevaux, parce que lui-même n'a jamais réussi dans cette activité.

— Que s'est-il passé dans le cas de M. Roberto ? questionne encore Alice.

— Jimmy affirme qu'il n'est pour rien dans cette affaire, et je suis persuadé qu'il ne ment pas. Mais cela ne fait que compliquer la situation. D'autant qu'il est certain que M. Karl est innocent, puisqu'il était au cirque au moment de l'agression. Cela signifie qu'une troisième personne est intervenue. À mon avis, elle n'appartient pas au personnel du cirque.

— Depuis un moment, je me dis que M. Karl doit avoir un complice qui l'aide à détourner la fortune de Lolita. C'est peut-être lui qui a attaqué M. Roberto.

— Je crois que tu vois juste, reconnaît James Roy. Et ça pourrait bien avoir un rapport avec un autre événement que tu ne connais pas encore...

Après un instant de silence, le père d'Alice poursuit :

— Avant-hier soir, pendant que j'assistais à ton premier spectacle avec Sarah, quelqu'un a volé ton bracelet !

chapitre 15

À la recherche du bracelet

Ainsi, le bracelet d'or aux jolies pendeloques a disparu ! Maintenant, Alice n'a plus la possibilité de comparer les petits chevaux à celui de Lolita pour voir si celui-ci est seulement une copie ou bien la pièce manquante.

— Ne t'inquiète pas, la console James Roy, voyant les sourcils froncés de sa fille. J'ai demandé au lieutenant Kelly de prendre l'affaire en main ; il va sûrement le retrouver en un rien de temps.

Alice raconte alors à son père ce que lui a confié Léo, le clown.

— Ça ne m'étonnerait pas, avance-t-elle, que M. Karl ou sa femme aient vendu la vraie pendeloque. J'aimerais beaucoup la retrouver, non seulement pour résoudre l'énigme et aider Lolita, mais aussi pour compléter le bracelet...

— Et quand tu l'auras enfin en ta possession, tu offriras le bijou reconstitué à Lolita, en cadeau de mariage, parie James Roy en souriant.

— Possible, reconnaît la jeune fille, souriant à son tour.

Là-dessus, l'avocat se lève.

— Il faut que je rentre à River City, annonce-t-il. Tu nous manques beaucoup, à Sarah et à moi. Vivement que ta semaine de cirque soit terminée !

— Si les choses se gâtent ici, je serai peut-être de retour avant, observe pensivement la jeune détective. Au fait, papa, tu as réussi à prendre contact avec quelqu'un en Angleterre pour lancer les recherches sur Lola Flanders ?

— J'ai appelé un de mes amis, qui est avocat à Londres, mais il est encore trop tôt pour espérer une réponse.

Quelques instants après le départ de James Roy, Alice rejoint Erika et lui résume la conversation qu'elle vient d'avoir avec son père. La jeune écuyère est enchantée d'apprendre que l'affaire de Jimmy est éclaircie, mais elle reconnaît que ses révélations sur les Karl posent un nouveau problème.

— Tu penses que Mme Karl a enlevé Lolita ? s'exclame-t-elle en écarquillant les yeux.

La jeune détective hausse les épaules sans répondre. Toutefois, elle recommande à Erika de garder le secret.

— Si Karl découvre que Jimmy a parlé à la police, je ne sais de quoi il est capable, ajoute-t-elle.

Cependant, Alice s'abstient d'ajouter qu'elle est persuadée que son bracelet se trouve dans l'enceinte même du cirque et que le voleur a certainement agi sur l'ordre de M. Karl.

— J'espère que toutes ces préoccupations ne vont pas t'empêcher d'exécuter ton numéro cet après-midi, s'inquiète Erika.

— Je ferai de mon mieux ! promet l'intrépide jeune fille.

Et elle tient parole. Une fois la représentation terminée, Erika lui déclare qu'elle n'a jamais été plus gracieuse ni plus précise dans ses exercices.

Ce soir-là, au dîner, Alice s'arrange pour s'asseoir près de Lolita. Elle lui demande si elle a parlé du bracelet devant ses parents.

— Oui, je crois, répond Lolita.

— Tu te rappelles à quel moment c'était ?

L'artiste réfléchit un instant :

— Ce devait être le jour de la dernière représentation à River City.

Désormais, Alice est totalement convaincue

que M. Karl est à l'origine du vol. Et pendant le reste du dîner, elle réfléchit à une façon de le prouver.

« Je suis sûre que le voleur a apporté le bracelet ici, songe-t-elle. Et dans ce cas, je mettrais ma main au feu que le bijou est caché dans la roulotte de M. Karl. »

Après la représentation du soir, la jeune détective va raconter l'affaire à M. Webster et l'informe de ses soupçons.

— J'ai presque envie de prévenir la police pour qu'on fouille le campement, conclut-elle.

— C'est une solution, reconnaît M. Webster. Le problème est que, si vous faites ça, M. Karl vous démasquera aussitôt. Il en profitera pour vous chasser et pour renvoyer tous les membres du groupe équestre.

— Vous avez raison, murmure la jeune fille, ennuyée.

Elle se tait un moment, cherchant un moyen d'agir. Soudain, une idée lui traverse l'esprit et elle s'écrie :

— Ça vous plairait de devenir détective ?

— Moi ? s'exclame M. Webster en riant. J'espère que vous n'avez pas l'intention de me charger de fouiller le camp ? Ce serait un désastre : je me ferais prendre au bout de cinq minutes !

— Non, ce n'est pas ça. Je voudrais simplement que vous me prépariez le terrain...

— C'est-à-dire ?

— Il faudrait que vous guettiez le moment où M. Karl entre dans sa roulotte pour ensuite l'y rejoindre.

— J'aurais besoin d'un prétexte, à cette heure-ci surtout, objecte M. Webster.

— Racontez-lui par exemple que Rosa ne pourra pas reprendre son numéro avant la fin de la semaine prochaine et demandez-lui si sa remplaçante peut rester jusque-là.

— Mais je ne comprends pas comment votre bracelet...

— Attendez, l'interrompt Alice, vous laisserez entendre ensuite que le bruit court parmi la troupe que certaines choses disparaissent. Vous observerez alors le visage de M. Karl pour voir s'il jette un coup d'œil vers un endroit particulier de la roulotte. Et vous ajouterez que l'une des artistes est prête à alerter la police si elle ne retrouve pas un objet de valeur qui a disparu.

Tandis que la jeune fille donne ses instructions, le dresseur garde les yeux fixés sur le sol. Lorsqu'elle a terminé, il se décide à relever la tête et déclare :

— Écoutez, mademoiselle, je souhaite vrai-

ment de tout cœur vous aider. Mais votre plan me paraît irréalisable. Je ne serai jamais capable de jouer ce rôle et...

Alice se met à rire.

— Allons, monsieur Webster, ce n'est pas si terrible que ça, réplique-t-elle. Je me posterai sous la fenêtre de la roulotte pour surveiller M. Karl. Pendant ce temps, vous n'aurez qu'à lui répéter à peu près ce que je viens de vous dire, de l'air le plus innocent du monde.

En fin de compte, M. Webster se laisse convaincre et tous deux décident de se retrouver un quart d'heure plus tard. Alice regagne sa roulotte en toute hâte. Lorsque Erika la voit retirer sa tenue de piste et enfiler un jean et un tee-shirt, elle s'alarme de nouveau.

— Ne t'en fais pas, la rassure la jeune détective. Je vais continuer mon enquête, mais je te promets de ne pas quitter le campement.

Elle sort rapidement et se dirige vers la roulotte de M. Karl. M. Webster est déjà en grande conversation avec le maître de cérémonie. Après s'être assurée que personne ne se trouve aux alentours, elle s'approche avec précaution de la fenêtre ouverte et grimpe sur une caisse. De cette façon, elle peut observer l'intérieur de la roulotte sans que ses occupants ne s'aperçoivent de rien.

De son poste, Alice distingue très bien M. Webster en train de discuter avec les parents adoptifs de Lolita. De toute évidence, le dresseur a bien suivi les indications d'Alice, car à cet instant, M. Karl déclare :

— La remplaçante fait très bien l'affaire, mais elle ne me plaît pas beaucoup.

— Pourquoi ? s'étonne Daniel Webster.

— Oh ! j'ai mes raisons ! grommelle le maître de manège.

M. Webster se lève, mais au moment de sortir, il se retourne et lâche d'un ton négligent :

— Vous êtes au courant des bruits qui courent en ce moment ? Apparemment, des objets auraient disparu.

Le visage de M. Karl se crispe et Alice remarque que son regard se dirige vers un petit placard encastré dans la paroi de la roulotte.

— Ah bon, répond-il d'un ton faussement neutre. Mais, vous savez, il ne faut pas croire tout ce qu'on raconte.

— Sans doute, admet le dresseur, avec un petit rire forcé.

Là-dessus, il sort de la roulotte et s'éloigne pour rentrer chez lui. Bien qu'il n'ait pas mentionné la police, comme elle le lui avait suggéré, la jeune détective a appris ce qu'elle

voulait savoir : le placard de la roulotte est certainement la cachette utilisée par M. Karl !

Comme elle souhaite suivre la conversation entre le maître de cérémonie et sa femme, Alice reste à son poste. Cependant, aucun des deux ne fait la moindre allusion ni au bracelet ni à la visite de M. Webster.

Bientôt, la jeune fille voit Mme Karl regagner la roulotte de Lolita, où elle dort d'habitude, certainement afin de surveiller la jeune fille de plus près. Quelques minutes plus tard, les volets des deux roulottes se ferment, puis la lumière s'éteint. Alors, Alice rejoint Erika, plus que jamais convaincue que son bracelet se trouve chez M. Karl.

Le lendemain matin, de bonne heure, la jeune détective se rend chez Lolita. En peu de mots, elle la met au courant de ses soupçons au sujet du bracelet. L'artiste est bouleversée, car elle a du mal à croire que son père adoptif puisse être un voleur.

— Je suis vraiment désolée de t'apprendre ce genre de choses, s'excuse Alice. Malheureusement, j'ai peur que tu ne découvres beaucoup d'autres faits désagréables avant la fin de l'enquête...

Après un instant, la jeune détective reprend :

— Et maintenant, Lolita, il faut que tu ailles fouiller dans ce placard. Toi seule peux le faire.

— C'est impossible, s'écrie la jeune fille, terrifiée. Maman est presque toujours là !

— Je vais m'arranger pour l'éloigner : j'enverrai Erika lui demander de l'aider à réparer l'accroc de son costume.

— Bon, c'est d'accord, consent finalement Lolita.

Une heure plus tard, comme Mme Karl coud tranquillement au côté d'Erika, la trapéziste pénètre dans la roulotte de son père. Alice, elle, est postée sous la fenêtre et, non loin de là, M. Webster est au guet.

Bien que nerveuse, Lolita ouvre le placard et inspecte méthodiquement chacun des rayons, sans succès. Alors, elle en vient au tiroir intérieur qui occupe le bas du placard.

Comme elle l'ouvre, Alice entend siffler doucement. Tournant la tête, elle voit M. Webster lui adresser un signe d'alarme. Presque en même temps, M. Karl surgit au coin d'une roulotte voisine. Par la fenêtre, Alice appelle Lolita à voix basse. Mais la jeune fille est si occupée à vider le tiroir qu'elle n'entend pas son amie. L'instant d'après, son père adoptif entre...

chapitre 16

La supercherie continue

Voyant le placard ouvert, M. Karl rugit :

— Qu'est-ce que tu fais, Lolita ?

Surprise, la jeune fille repousse précipitamment le tiroir, mais les objets en désordre la trahissent.

— Tu vas répondre ? reprend le maître de cérémonie, haussant le ton.

Il saisit la jeune fille par le bras et l'oblige à se retourner vers lui. Sous son regard furieux, elle se met à trembler de tous ses membres.

— Rien de mal, je te le jure, gémit-elle.

— Tu vas me dire ce que tu fabriquais, sinon...

L'homme ne peut achever sa phrase. Craignant que M. Karl ne brutalise sa fille adoptive, Alice prend une mesure désespérée. Se souvenant des conseils qu'un ventriloque lui avait donnés il y a quelques années lors d'un spectacle chez Bess, elle décide d'utiliser ce talent. Dirigeant sa voix de manière à donner l'impression qu'elle vient de l'intérieur même de la roulotte, elle lance un cri à glacer le sang. Puis, elle se précipite vers l'entrée de la roulotte et franchit le seuil en courant.

— J'ai entendu crier, s'écrie-t-elle, d'un air affolé. Lolita, qu'est-ce qu'il s'est passé ?

M. Karl foudroie la perturbatrice du regard tandis que Lolita se laisse tomber sur le lit.

— Oh ! Alice, qu'est-ce que je vais devenir ? se lamente-t-elle.

Les sourcils de M. Karl se plissent et la jeune détective a soudain l'impression que son regard la transperce. L'homme marche droit sur elle :

— Alors, vous êtes Alice, la fameuse Alice Roy qui joue les détectives ! Et vous êtes entrée dans ce cirque pour espionner les gens !

La jeune fille ne bouge pas d'un pouce. Du coin de l'œil, elle aperçoit M. Webster campé sur le seuil et elle se sent aussitôt plus rassurée. Quant à Karl, dominant la jeune fille de toute sa taille, il se met à brandir le poing devant sa figure.

— Je savais que vous étiez dans la troupe,

continue-t-il. Je n'ai rien dit parce que vous êtes une bonne écuyère. Mais j'avais mes espions !

— Alice n'a rien fait de mal, proteste Lolita fermement. Et elle a parfaitement tenu son rôle sur la piste.

Le maître de cérémonie a un ricanement.

— Ça n'a rien à voir avec ça, riposte-t-il. Et pour en revenir à notre affaire, je suppose que tu fouillais mon placard parce qu'Alice Roy te l'a demandé. Qu'est-ce que tu cherchais ?

— Enfin, monsieur ! s'interpose la jeune détective tentant un coup de bluff, je ne vois pas où est le problème ! Quand j'ai besoin d'un mouchoir, je n'hésite pas à fouiller dans les tiroirs de mon père. Il n'y a pas de quoi fouetter un chat !

M. Karl se met à hurler à pleins poumons :

— Quittez le cirque immédiatement ! Et n'y remettez plus jamais les pieds !

— Mais, papa, comment vont faire les Vasco ? intervient Lolita.

— Ils se débrouilleront ! riposte M. Karl. Rosa reprendra sa place ! Sinon, ils seront tous renvoyés sur-le-champ.

Sur le seuil, M. Webster s'avance et tente de plaider la cause d'Alice. Mais M. Karl ne veut rien entendre. Alors, la jeune fille regarde le maître de cérémonie bien en face, et déclare fermement :

— Je m'en irai, mais seulement une fois que vous m'aurez rendu mon bracelet. On l'a volé chez moi, et j'ai de bonnes raisons de croire que c'est vous qui l'avez à présent.

Les yeux du père adoptif de Lolita lancent des éclairs.

— Comment osez-vous m'accuser d'être un voleur ? rugit-il. C'est de la calomnie !

Tempêtant de plus belle, il chasse tout le monde. Sortant à son tour, il claque la porte derrière lui et la ferme à clef.

— Lolita, va dans ta roulotte, ordonne-t-il. Et si je te vois parler à Alice Roy, tu auras affaire à moi !

Il se tourne ensuite vers la jeune détective et lui lance d'un ton railleur :

— Vous vous attendez peut-être à ce que je vous remercie pour le rôle que vous avez tenu sur la piste ? Mais, étant donné les circonstances, vous comprendrez que je n'en fasse rien. Adieu, et bon débarras !

Sur ces mots, il s'éloigne, tandis que Lolita regagne sa roulotte, bouleversée. Alice part avec M. Webster. Celui-ci tente de la convaincre de braver l'interdiction de M. Karl.

— Sans votre aide, les Vasco seront renvoyés, explique-t-il. Rosa ne pourra pas reprendre son numéro avant un mois, dans le meilleur des cas. Si vous restez, vous pourrez continuer votre enquête...

Un instant déconcertée, la jeune détective se met à réfléchir et, bientôt, un plan se dessine dans son esprit :

— Je pourrais loger dans une autre roulotte, et Rosa se réinstallera avec Erika, propose-t-elle. Comme M. Karl va certainement la faire surveiller de près, il faudra qu'elle participe à la parade. Ensuite, au moment d'entrer sur la piste, je prendrai sa place.

— Parfait ! s'enthousiasme M. Webster. Vous logerez à l'infirmerie : Karl n'aura jamais l'idée de vous chercher là-bas et le médecin et l'infirmière sont mes amis.

— Il y a quand même quelque chose qui m'ennuie, avoue la jeune fille. M. Karl va sûrement retirer le bracelet de sa cachette et le dissimuler en lieu sûr... Vous ne voudriez pas reprendre votre rôle de détective ?

— Non, je crois que le mieux serait d'en charger l'un des clowns. Tom est un grand ami de Pedro, il ne participe pas au spectacle de ce soir et je sais qu'on peut compter sur lui.

— C'est d'accord, approuve Alice. À présent, je vais appeler mes amies Bess et Marion afin qu'elles me rejoignent. Si M. Karl découvre notre ruse, elles me ramèneront à la maison. Et puis, elles pourront relayer Tom. Comme ça, on pourra garder un œil sur la roulotte de M. Karl en permanence.

Quelques minutes plus tard, Alice téléphone à Marion, qui lui promet de se mettre en route avec Bess sans tarder.

Les deux cousines arrivent peu avant la représentation de l'après-midi. Bess est paniquée lorsqu'elle apprend que son amie refuse de quitter le cirque malgré ce qui s'est passé. Sans se laisser attendrir, Alice objecte qu'elle doit rester dans l'intérêt de son enquête.

— C'est de la folie ! proteste son amie. M. Karl va forcément découvrir la supercherie ! Tu risques ta vie ainsi !

— Mais non ! Que veux-tu qu'il me fasse ici, au milieu de tout ce monde qui circule sans arrêt ?

Comme la parade va commencer, M. Webster vient informer Alice que Tom est à son poste. Il a vu Mme Karl entrer dans la roulotte après le déjeuner et elle n'en est plus sortie.

— J'ai envie d'aller prendre la relève, propose Marion.

— Bonne idée, approuve la jeune détective.

Aussitôt, Marion s'en va. Bess, quant à elle,

reste auprès de son amie. Elle jouera le rôle d'intermédiaire pour faciliter le changement de costume d'écuyère entre Rosa et Alice.

Bientôt, le gong qui annonce le début de la parade résonne. Rosa prend sa place, tandis qu'Alice observe la scène à distance. Comme elle l'avait prévu, M. Karl est là pour accueillir l'écuyère.

Heureusement, maintenant assuré que ses ordres ont été exécutés, le maître de cérémonie ne reste pas sous le chapiteau quand les Vasco s'avancent sur la piste. Juste avant son entrée, Alice est inquiète, mais elle se rassure vite et exécute son numéro parfaitement.

Dès qu'elle a quitté la piste, elle court se réfugier à l'infirmerie où elle se débarrasse de son costume. Bess rapporte aussitôt celui-ci chez Rosa. De retour quelques minutes plus tard, elle annonce que Marion est toujours à son poste. Tom en a profité pour aller dîner.

Sur ces entrefaites, Daniel Webster apporte trois plateaux et se retire aussitôt, pour ne pas attirer l'attention. Les amies se mettent à table, et Bess saisit l'occasion de revenir à la charge.

— Pourquoi est-ce que tu ne laisses pas cette affaire à la police ? marmonne-t-elle. Tu ne peux pas continuer à enquêter tout en tenant ton rôle d'écuyère ! Tu vas te rendre malade. Et comment comptes-tu surveiller M. Karl cette nuit ? On ne va pas pouvoir t'aider, Marion et moi, parce qu'il faut qu'on rentre à la maison.

— Restez jusqu'à demain, implore Alice. D'ici là, je suis sûre qu'on aura retrouvé le bracelet. Tu veux bien téléphoner à ta mère pour lui expliquer la situation et lui demander de prévenir les parents de Marion ?

Malgré ses réticences, la jeune fille finit par se laisser convaincre. Quelques minutes plus tard, Marion rejoint ses camarades.

— Tom a repris la garde, annonce-t-elle. Je dois le remplacer dans une heure. M. Karl n'est pas venu à la roulotte, et sa femme n'en est pas sortie.

La représentation du soir s'achève sans que le maître de cérémonie ne se soit rendu compte qu'Alice continuait à remplacer Rosa. La jeune détective vient de regagner l'infirmerie en compagnie de Bess, lorsque Marion arrive en trombe.

— Alice, s'écrie-t-elle, il y a du nouveau ! Tout à l'heure, j'ai vu M. Karl s'approcher de la roulotte par-derrière. Sa femme lui a tendu un petit paquet par la fenêtre et il l'a remis au fils de l'un des acrobates de la troupe. Ensuite, il lui a ordonné d'aller le mettre à la poste.

La jeune fille s'arrête un instant pour reprendre son souffle, puis poursuit :

— J'ai suivi le gamin et je l'ai bousculé. Il a laissé tomber le paquet que j'ai ramassé. J'ai eu le temps de lire l'adresse : *Mme Lola Flanders, aux bons soins de Tristan et Cie, agents d'affaires à New York.*

— Excellent travail, Marion ! la félicite Alice. On va téléphoner à la police afin que le commissaire contacte ses collègues de New York. Ils pourront récupérer le paquet, enquêter chez Tristan et Cie et peut-être même retrouver Lola !

Laissant Bess discuter avec le docteur et l'infirmière, les deux amies courent vers une cabine publique qui se trouve non loin de là. Alice décroche le combiné, glisse une pièce dans la fente de l'appareil, puis attend. Il n'y a pas de réponse ; le poste est en dérangement.

« On n'a qu'à prendre la voiture de Marion et aller directement au commissariat », décide-t-elle.

Cependant, en sortant de la cabine, elle est stupéfaite de constater que son amie a disparu. Comme elle regarde autour d'elle, quelque chose s'abat sur sa tête. Elle veut crier, mais un tissu épais lui recouvre le visage, étouffant sa voix. Elle se débat jusqu'au moment où elle perd connaissance.

chapitre 17

L'évasion

Sonnée, Alice prend peu à peu conscience d'un bruit confus. Elle ouvre les yeux, mais ne distingue rien. Ses idées sont encore brumeuses et elle n'a pas la moindre notion de l'endroit où elle se trouve. Lorsqu'elle retrouve enfin tous ses esprits, elle s'aperçoit qu'elle est bâillonnée et étroitement ligotée. Autour d'elle, l'obscurité la plus complète règne.

Elle comprend alors qu'elle se trouve dans un véhicule en marche. Au rythme régulier des roues, elle devine qu'il s'agit d'un train.

« Ça doit être un wagon de marchandises, conclut-elle. Je suis couchée par terre. »

Comme ses forces lui reviennent, elle tente de se dégager de ses liens, mais ses efforts restent sans effets.

« Si au moins je pouvais me débarrasser de ce bâillon ! » songe-t-elle, désespérée.

Elle essaie de se frotter la joue contre le plancher pour faire glisser l'étoffe, mais n'a pas plus de succès. Elle s'inquiète de la destination du train et de la longueur du voyage, quand elle entend pousser un profond soupir. Elle frissonne, songeant que quelqu'un doit être là, à la surveiller.

Une fois de plus, elle cherche à se libérer. À force de se débattre, elle parvient à décaler les cordes de quelques centimètres, mais sans réussir toutefois à dégager ses membres.

Comme il n'y a plus aucun bruit, l'idée lui vient tout à coup que l'autre personne est peut-être, comme elle, prisonnière. Se rappelant la mystérieuse disparition de Marion, elle se demande si ce n'est pas elle.

Surmontant sa peur, elle réussit à ramper dans la direction d'où le bruit est venu. Soudain, elle tressaille au contact d'une main inerte. Elle la tâte et conclut que cette main est celle d'une jeune fille ou d'une femme.

Alors, Alice se hausse légèrement, et cette fois ses doigts rencontrent une corde. L'inconnue est ligotée, elle aussi !

— Marion, Marion ! chuchote la jeune fille à travers son bâillon.

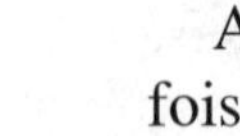

La prisonnière bouge légèrement, et Alice se sent soulagée. Après avoir murmuré quelques mots indistincts, Marion murmure :

— Où suis-je ?

— Oh ! Marion, je suis si contente que tu te sois réveillée, articule la jeune détective avec difficulté.

— Qu'est-ce qu'il s'est passé ?

La jeune détective explique qu'elles se trouvent dans un wagon de marchandises, en route pour une destination inconnue.

— Ce train va peut-être nous emmener jusque sur la côte, marmonne-t-elle encore. Mais on en sortira avant, je te le promets ! Tourne-toi sur le côté. Je vais essayer de desserrer tes liens et quand tu en seras débarrassée, tu en feras autant pour moi.

— Tu as un bâillon ? s'écrie son amie. Je te comprends à peine et ta voix est toute changée.

— C'est vrai, reconnaît Alice. Tu peux essayer de me l'enlever, s'il te plaît ?

Quelques minutes plus tard, Marion parvient à dégager le visage de son amie.

— Ah ! je me sens mieux ! se réjouit-elle. Merci ! À présent, au travail !

Lorsque Marion est libérée, elle défait les liens qui retiennent les mains d'Alice, puis les deux jeunes filles entreprennent de libérer leurs jambes.

— Impossible de desserrer la corde, grommelle Marion. Je n'ai jamais vu des nœuds aussi bien faits !

S'acharnant toujours sur leurs liens, les deux amies commencent à discuter de leur mésaventure.

— C'est ma faute, déplore Marion. En rentrant au cirque, le gamin que j'ai bousculé s'est sûrement empressé de raconter à M. Karl ce qui s'était passé.

— Probablement, confirme la jeune détective. Il a voulu nous empêcher de prévenir la police avant qu'il ait eu le temps de sauver le paquet.

— Tu crois qu'il va essayer de le reprendre à la poste demain matin ? demande Marion.

— Non, je ne pense pas qu'il osera le faire. Mais il espérait certainement qu'on resterait prisonnières assez longtemps pour que le paquet atteigne son destinataire à New York. Et maintenant, Marion, c'est le moment de mettre fin aux manigances de M. Karl ! Regarde, je viens de dénouer mon dernier lien. Et toi, tu en es où ?

— J'ai presque terminé, répond la jeune fille.

Quelques instants plus tard, la cousine de Bess se libère à son tour.

— On finit par s'habituer à la pénombre, remarque-t-elle. Je te parie que je suis capable de trouver la porte de ce wagon du premier coup !

Marion s'apprête à joindre le geste à la parole lorsque le train aborde une courbe : la jeune fille s'étale alors sur le plancher. Les deux amies doivent attendre que le convoi reprenne la ligne droite. Après cela, elles n'ont aucune difficulté à localiser la porte et le système de fermeture. Cependant, elles ont beau unir leurs efforts, il leur est impossible de faire glisser la porte d'un pouce.

— Elle doit être verrouillée de l'extérieur, en déduit la jeune détective.

— Alors, on est bloquées ! peste Marion. Pourtant, il faut absolument qu'on sorte d'ici avant que nos ravisseurs s'aperçoivent qu'on est libérées ! Tu crois qu'il y a une trappe d'aération dans le toit de ce wagon ?

— Ça m'étonnerait. Mais il faut regarder. Tu penses pouvoir me porter sur tes épaules ? Je vais grimper là-haut.

— Pas de problème.

Cependant, Alice s'aperçoit vite qu'il est encore plus difficile de rester debout en équilibre dans ce wagon en mouvement que de faire un tour de piste sur un cheval au galop. Elle doit sauter à terre à deux reprises pour éviter de s'effondrer sur le plancher, et elle évite de justesse de buter contre la paroi du train.

Enfin, la jeune fille réussit à se maintenir sur les épaules de son amie et à atteindre le toit du wagon. Au bout de plusieurs minutes d'investigations, elle doit se rendre à l'évidence : il n'y a pas d'issue par le toit.

— Dis, Marion, lance-t-elle en sautant à terre, on n'a même pas vérifié s'il y avait une deuxième porte !

Les jeunes filles se précipitent de l'autre côté du wagon. Très vite, leurs doigts sentent un loquet et, cette fois, le panneau à glissière cède aisément.

— Ouf ! s'exclame Marion. On va pouvoir s'échapper !

— Pas encore, corrige Alice, je te rappelle qu'on roule au moins à soixante-dix kilomètres à l'heure !

Elle observe le ciel. Le jour s'est levé depuis quelque temps déjà.

— Tu as une idée de l'endroit où on est ? questionne Marion.

De part et d'autre de la voie, les jeunes filles voient des champs cultivés s'étaler à perte de vue, mais elles ne repèrent pas la moindre maison.

— Quand est-ce que ce maudit train va se décider à ralentir ? s'impatiente la jeune détective.

Comme pour répondre à son désir, le convoi, qui aborde une longue rampe, commence à perdre de la vitesse. Quelques minutes plus tard, le train n'avance plus qu'à cinq ou six kilomètres à l'heure. Les jeunes filles choisissent alors un endroit où le talus bordant la voie est suffisamment dégagé, puis, s'encourageant mutuellement, elles sautent du wagon en marche. Elles sont libres !

Sans attendre, elles s'engagent dans un champ et se tapissent à l'abri d'une haie pour attendre que le train achève de passer. Dès que celui-ci a disparu, elles se mettent en route à travers champs. Elles marchent ainsi près d'un kilomètre, avant d'atteindre un chemin.

— On a de la chance, voici une ferme, s'écrie Marion.

Les jeunes filles trouvent à la ferme un couple âgé. Le mari et la femme regardent les arrivantes avec surprise. Alice leur demande l'autorisation d'utiliser leur téléphone.

— Allez-y, consent le fermier.

Et, remarquant les cheveux en broussaille et

les vêtements froissés des deux amies, il ne peut s'empêcher de les interroger :

— D'où diable venez-vous à une heure pareille ?

— On... on était en voyage, répond la jeune détective avec hésitation. Mais on... a laissé la voiture près du chemin de fer.

— Ah, vous êtes tombées en panne ! conclut le fermier, en conduisant sa visiteuse vers le téléphone.

Alice appelle aussitôt chez elle. La gouvernante répond, complètement affolée.

— Tout va bien, Sarah, ne t'inquiète pas, la rassure vivement la jeune fille. Je vais rentrer bientôt à la maison.

— Où es-tu ? interroge la gouvernante.

— Attends, ne quitte pas.

La jeune fille se tourne vers le fermier pour se renseigner.

— On est à deux kilomètres de la ville de Black River, déclare-t-il.

— Quoi ? s'étrangle Sarah, mais c'est au moins à cent cinquante kilomètres d'ici !

Alice prie la vieille femme de prévenir les parents de Marion que celle-ci est avec elle, saine et sauve. Puis, lorsqu'elle a raccroché, elle demande au fermier s'il serait d'accord pour les conduire en ville.

— Rien de plus facile, accepte-t-il. Je devais justement aller faire quelques courses après le petit déjeuner.

En arrivant à Black River, les deux amies se rendent immédiatement au commissariat de police. Elles y déclinent leur identité, puis racontent leur aventure.

— Nous n'avons pas la moindre preuve contre qui que ce soit, reconnaît la détective amateur. Nous n'avons que des soupçons. Et comme la police enquête déjà sur cette affaire, je vous demande seulement de nous aider à regagner River City, parce que nous n'avons pas un sou en poche.

Sans hésiter, le policier ouvre un tiroir et y prend de l'argent, qu'il remet aux jeunes filles.

— Tenez, mesdemoiselles, dit-il simplement.

Les deux amies le remercient chaleureusement, puis elles se rendent à la gare. Peu de temps après, elles montent dans un train pour River City et, à dix heures, les voilà chez elles.

James Roy serre sa fille dans ses bras, tandis que Sarah pleure de joie, le nez dans son tablier. Lorsque Alice a achevé de raconter son aventure, elle avoue :

— Je ne me sens pas le courage de retourner au cirque Sim. Et pourtant, que va-t-il arriver au groupe des Vasco si je ne remplace pas Rosa ?

— Ce n'est plus ton affaire, Alice, tranche son père d'un ton ferme. D'ailleurs, je tiens à ce que tu quittes River City immédiatement. Comme ça, Karl croira que son plan diabolique a fonctionné. J'ai d'ailleurs quelque chose à te proposer : que dirais-tu d'aller voir ta tante Élise ? Tu pourrais poursuivre ton enquête à New York...

— Oh ! papa, s'écrie la jeune fille, en sautant au cou de son père, c'est une idée géniale !

chapitre 18

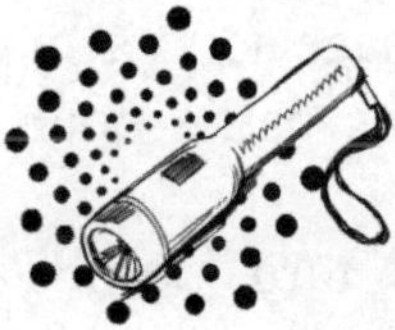

Indices new-yorkais

En préparant ses bagages pour New York, Alice fait le point sur l'affaire avec son père.

— Marion devrait peut-être quitter River City, elle aussi, suggère-t-elle.

— Tu as raison, approuve James Roy. Pourquoi ne l'emmènes-tu pas avec toi ?

— Excellente idée !

Enchantée, la jeune fille s'empresse de téléphoner à son amie. Cependant, Marion lui apprend que ses parents ont déjà pris leurs dispositions pour l'éloigner de la ville. Toute la famille part le soir même.

La détective appelle ensuite Bess. C'est elle qui, au cirque Sim, s'est aperçue de la disparition de ses deux amies et a prévenu James Roy. L'avocat s'est aussitôt rendu sur place pour se renseigner auprès de M. Karl. Le maître de cérémonie lui a expliqué qu'il avait renvoyé Alice parce qu'elle s'était introduite en fraude parmi la troupe. Et il a affirmé que la jeune fille était simplement rentrée chez elle.

— Karl est rusé, observe l'avocat, mais même s'il apprend ton passage ici, ça m'étonnerait qu'il devine que tu es partie pour New York.

Quelques minutes plus tard, James Roy conduit sa fille à l'aéroport. Avant de lui dire au revoir, il lui remet une lettre d'introduction adressée par le lieutenant Kelly au capitaine Smith, de New York. C'est ce policier qui est chargé de l'enquête sur les activités de Tristan et Cie.

En débarquant à New York, Alice songe un instant à se rendre immédiatement au bureau du capitaine Smith. Toutefois, elle pense à sa tante qui l'attend et décide de prendre un taxi, pour se faire conduire chez la sœur de son père. Celle-ci l'accueille à bras ouverts.

— C'est vraiment gentil de ta part de me recevoir à l'improviste, remercie Alice en riant. Et...

Soudain, la jeune fille se tait, abasourdie.

— Tante Élise, mais où est-ce que tu as déniché ça ?

Les yeux de la détective amateur sont fixés sur une grande photographie qui trône sur une étagère. On y voit Alice en costume d'écuyère, debout sur un cheval.

— J'ai demandé ce portrait à un photographe qui réalisait un reportage l'autre jour au cirque Sim, explique-t-elle. Le résultat n'est pas mal, non ?

Pendant le dîner, la conversation s'oriente vers la mystérieuse affaire de Lolita.

— Demain matin, j'irai rendre visite au capitaine Smith, déclare Alice. J'ai hâte de savoir ce que son enquête sur Lola Flanders a donné. Si seulement cette femme était vraiment la mère de Lolita !

— Ne t'emballe pas, lui recommande sa tante. Cette femme est sûrement devenue très différente en dix ans. Je t'avoue que je trouve très étrange qu'elle n'ait jamais cherché à communiquer avec sa fille.

— C'est bien ce qui m'inquiète, murmure Alice, soucieuse.

Le lendemain, à la première heure, la jeune détective se rend au commissariat central, où elle présente sa lettre d'introduction au brigadier de service. Celui-ci la remet à son supérieur et, quelques instants plus tard, il introduit la jeune fille dans le bureau du capitaine Smith.

— Enchanté de faire votre connaissance, mademoiselle, l'accueille le policier en souriant. Kelly est l'un de mes plus vieux amis. Il m'a prévenu que vous étiez une détective très habile.

Gênée par le compliment, Alice préfère évoquer directement la raison de sa venue :

— Avez-vous retrouvé Lola Flanders ? demande-t-elle.

— Pas encore, répond M. Smith. J'ai envoyé un de mes hommes chez Tristan et Cie, mais il n'a pu tirer grand-chose du directeur ni de sa secrétaire. Ils lui ont dit qu'ils ne s'intéressaient jamais aux affaires personnelles de leurs clients.

— Mais vous avez tout de même appris qui est Lola Flanders ?

— Oui, c'est une jeune danseuse. Son nom de scène est Millie Frances.

— Une jeune danseuse ! répète Alice. Alors, ce n'est pas la personne que je recherche.

Elle réfléchit un moment, déconcertée par cette complication imprévue. Qui est donc cette Lola ? Une parente de Lolita ?

— Où est-elle en ce moment ? reprend la jeune détective.

— Elle travaille en Californie, précise le policier. On a vérifié le renseignement : il est exact.

Le capitaine Smith ajoute que le courrier de

la danseuse est étroitement surveillé, tout comme celui de l'agence Tristan. Le paquet suspect expédié de Danford n'est pas encore parvenu à destination. Dès qu'il arrivera, il sera passé aux rayons X.

— Je vous préviendrai quand on aura du nouveau, promet le capitaine de police.

Alice lui donne l'adresse d'Élise Roy puis rentre chez sa tante. Pour tromper son impatience, elle essaie de lire un roman, mais elle a beaucoup de mal à se concentrer sur l'intrigue et finit par renoncer. Midi va sonner lorsque le téléphone sonne.

— Le colis est ici, annonce le capitaine Smith. Vous pouvez venir tout de suite ?

— Bien sûr, s'empresse de répondre la jeune fille. Je pars immédiatement.

Un quart d'heure plus tard, elle passe la porte du commissariat. Lorsqu'elle pénètre dans le bureau du policier, celui-ci lui désigne un bracelet posé sur une table.

— Est-ce que ceci vous appartient ? demande-t-il.

À première vue, la jeune détective croit reconnaître le cadeau de sa tante. Pourtant, le bracelet a six pendeloques au lieu de cinq, l'or en est plus rouge et il paraît plus ancien. Alors, le capitaine Smith prend le bracelet et s'approche d'une fenêtre afin de l'examiner en pleine lumière.

— Je ne suis pas expert en la matière, convient-il au bout d'un instant, mais je suis pratiquement certain que quelqu'un a maquillé ce bracelet pour le rendre impossible à identifier. Sa patine n'est pas naturelle...

Alice se précipite vers la fenêtre et à son tour examine minutieusement le bijou.

— On dirait que l'un des petits chevaux a été soudé à la gourmette depuis peu, observe-t-elle. Et c'est justement là que l'une des pendeloques manquait à mon bracelet.

Le policier lui explique alors que les receleurs ont l'habitude de changer l'aspect des bijoux volés en modifiant la couleur et la patine du métal.

— Apparemment, ce bracelet a subi le même genre de traitement, conclut-il.

— Est-ce que je peux téléphoner au lieutenant Kelly ? demande Alice. Je voudrais qu'il contacte Lolita pour savoir si son pendentif n'a pas disparu. C'est un petit cheval d'or ciselé qui ressemble beaucoup à ceux-là.

Le policier désigne l'appareil téléphonique installé sur son bureau. Puis il quitte la pièce tandis que la jeune fille appelle le commissaire de police de River City. Le lieutenant Kelly promet de se mettre en relation avec ses collègues de Danford.

— Je téléphonerai au capitaine Smith dès que j'aurai une réponse, termine-t-il.

Là-dessus, Alice rentre déjeuner chez sa tante. Toutes deux sont en train de prendre le café, quand le téléphone sonne. C'est le capitaine Smith, qui annonce à la jeune détective que Lolita est toujours en possession de son pendentif.

— Capitaine, propose alors la jeune détective, seriez-vous d'accord pour nous accompagner, ma tante et moi, chez le marchand qui a vendu mon bracelet ? Je suis sûre qu'il pourra confirmer sans problème si celui que vous avez en votre possession est bien le mien ou non.

L'officier accepte et fixe rendez-vous à la jeune fille chez le bijoutier quarante-cinq minutes plus tard.

À l'heure dite, la jeune fille et sa tante entrent dans le magasin, en compagnie de l'officier. Alice expose rapidement la situation au bijoutier, M. Abrams. Celui-ci examine le bracelet et déclare sans hésiter qu'il a été maquillé récemment.

Passant derrière son comptoir, il frotte le bijou avec une poudre spéciale, puis le lustre avec une peau de chamois. En quelques instants, la fausse patine du métal commence à s'atténuer et le bracelet reprend l'aspect qu'Alice lui connaît.

— C'est un amateur qui a soudé ce petit cheval, décrète M. Abrams, faisant jouer la sixième pendeloque entre ses doigts.

Alice songe aussitôt à M. et Mme Karl. La mère adoptive de Lolita aurait très bien pu fixer elle-même la pendeloque au bracelet avant de confectionner le paquet, et ce malgré la surveillance de Marion et de Tom. La jeune détective se rappelle que Mme Karl n'est pas sortie de chez elle cet après-midi-là. À la réflexion, Alice estime que les Karl ont dû voler à Lolita la véritable pendeloque d'or que sa mère lui avait donnée il y a longtemps et la remplacer par une copie sans valeur.

— Monsieur Abrams, reprend la jeune fille, pourriez-vous consulter vos registres pour retrouver à quel endroit vous avez acheté ce bracelet et qui vous l'a vendu ?

Le bijoutier disparaît dans son arrière-boutique et ne revient qu'au bout d'un long moment.

— J'ai eu du mal à retrouver le volume, s'excuse-t-il. Voilà, j'ai acheté ce bijou à un prêteur sur gages de Londres. Voici le nom et l'adresse.

Après avoir remercié M. Abrams pour son obligeance, Alice et ses compagnons quittent le magasin. Le capitaine Smith rend le bracelet à la jeune fille, ravie.

— Pensez-vous être en mesure d'identifier la personne qui a signé la mise en gage de ce bijou ? lui demande-t-elle.

— Il me suffit de téléphoncr à la police de Londres. Mais nous n'aurons pas la réponse avant plusieurs heures. Je vous tiendrai au courant.

Fidèle à sa promesse, le capitaine Smith téléphone le lendemain matin vers onze heures.

— La personne qui a signé le billet de mise en gage avait une écriture nerveuse, saccadée, presque illisible. Le prêteur croit distinguer le nom de Laura Flynn.

— Ça pourrait très bien être Lola Flanders : ce sont les mêmes initiales ! s'écrie Alice.

— Le billet remonte à trois ans, précise le policier. Et comme le prêteur ne conserve les objets en gage que pendant deux ans, il a fini par mettre le bracelet en vente.

— Merci pour ces informations, capitaine, dit Alice avant de raccrocher.

Pendant quelques minutes, la jeune détective réfléchit à ce qu'elle vient d'apprendre, puis, soudain, elle décroche de nouveau l'appareil et compose le numéro du bureau de son père :

— Papa, tu veux bien m'accompagner à Londres ? lui lance-t-elle sans préambule.

chapitre 19

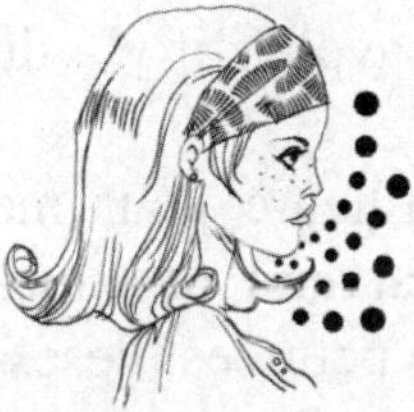

À l'aéroport

Il y a à l'autre bout de la ligne une exclamation de surprise, James Roy se demandant s'il a bien compris les paroles de sa fille.

— À Londres ? répète-t-il.

— Oui, papa ! qu'est-ce que tu en penses ? C'est l'occasion ou jamais de prendre des vacances..., et puis, tu pourras m'aider à résoudre l'énigme de Lolita. Avec un peu de chance, on retrouvera peut-être même Lola Flanders et on la ramènera avec nous !

Le père de la jeune fille se met à rire.

— Un avocat ne plaiderait pas sa cause mieux que toi ! s'écrie-t-il. Eh bien, c'est d'accord, partons pour Londres ! J'ai quelques affaires importantes en cours en ce moment, mais elles attendront bien une semaine. Je prendrai l'avion ce soir. De ton côté, essaie de retenir deux places pour Londres au départ de demain.

— Parfait ! Mais avant de quitter River City, tu pourrais te renseigner pour savoir s'il y a du neuf au cirque Sim ?

— Bess est passée tout à l'heure pour me dire que Lolita lui avait fait parvenir des nouvelles. Apparemment, la pauvre petite est désespérée parce que Karl la tient littéralement prisonnière. Pour couronner le tout, il a renvoyé Pedro.

— Elle ne doit pas avoir le moral, convient la jeune détective.

— Tant que j'y suis, Alice, j'ai d'autres nouvelles à t'apprendre. La police a interrogé Karl au sujet du paquet adressé à Lola Flanders. Il a eu l'aplomb de prétendre qu'il n'avait jamais rien envoyé et qu'il ne connaissait personne de ce nom.

— Est-ce que les agents ont questionné le gamin qui a posté le courrier ? demande la jeune fille.

— Ça n'a rien donné non plus. Apparemment, Karl lui avait bien fait la leçon : il a reconnu avoir posté un paquet, mais il a affirmé qu'il n'avait pas vu l'adresse...

La jeune fille prend alors congé de son père

puis téléphone à l'aéroport afin de réserver deux billets sur le vol de Londres du lendemain.

— Nous avons deux places disponibles, mademoiselle, déclare une voix de femme à l'autre bout de la ligne.

— Parfait, je les prends, répond Alice gaiement.

Aussitôt, elle rappelle son père pour lui confirmer le vol. Celui-ci est enchanté.

— Ça ne nous arrive pas souvent d'être seuls tous les deux, remarque-t-il.

Puis il se met à rire.

— À vrai dire, je ne t'aurai vraiment à moi que quand nous serons installés dans l'avion, continue-t-il. Figure-toi que ton ami Ned a décidé de m'accompagner à New York pour assister à notre départ !

Le lendemain, la jeune fille et sa tante se lèvent de bonne heure pour aller accueillir Ned et James Roy à l'aéroport. À leur stupéfaction, elles aperçoivent Pedro descendre aussi de l'avion.

— Comme je suis contente de vous voir, Pedro ! s'écrie Alice.

Ned ne semble pas approuver entièrement l'accueil enthousiaste que la jeune fille réserve au clown. Et un pli barre son front lorsqu'il entend Pedro annoncer qu'il compte accompagner les Roy en Angleterre.

— Je vais rendre visite à mon père, explique-t-il.

James Roy présente l'artiste à sa sœur, puis tous se dirigent vers la station de taxi. L'avocat et Pedro acceptent avec joie l'invitation à déjeuner d'Élise Roy. Quant à Ned, il prétexte quelques achats à faire pour inviter Alice à se rendre en ville avec lui. Alors qu'ils prennent leur repas dans un petit restaurant, il lui recommande de ne pas faire de folies en Angleterre.

— Qu'est-ce que tu veux dire ? s'étonne la jeune fille.

— Je ne tiens pas à ce que tu décides de rester en Angleterre, bougonne Ned. J'ai très bien compris que Pedro avait l'intention d'emménager là-bas !

Réalisant brusquement où son ami veut en venir, Alice ne peut s'empêcher de rire.

— Ce que tu peux être bête ! s'exclame-t-elle. Ce n'est pas parce que M. Karl a interdit à Pedro d'épouser Lolita, qu'il va se rabattre sur moi ! Dès que mon enquête sera terminée, je reviendrai en Amérique et je ramènerai Lola Flanders !

— Tu me le promets ? demande Ned.

— Oui, je te le promets !

Ces quelques mots suffisent à redonner le sourire au jeune homme. Le voyant rassuré, Alice le prie de la raccompagner chez sa tante. Elle tient en effet à téléphoner au capitaine Smith pour savoir ce que l'enquête menée à l'agence Tristan et Cie a donné.

— Je crois qu'on est sur le point de découvrir quelque chose d'important, annonce le policier lorsque la jeune fille a obtenu la communication. Mes hommes surveillent le courrier adressé à Lola Flanders via l'agence, et ils se sont aperçus que cette personne recevait des chèques importants d'une banque de New York.

Alice ne perd pas un mot de ce que lui raconte le capitaine Smith.

— Je vous avoue que je ne comprends pas pourquoi cette jeune danseuse a confié la gestion de ses affaires à une maison de second ordre comme l'agence Tristan et Cie. En plus, j'aimerais savoir pour quelle raison sa banque ne lui envoie pas directement les chèques et le montant des dividendes...

— En effet, capitaine, tout ça est étrange, murmure la jeune détective, pensive.

En réalité, Alice est persuadée que M. Karl utilise l'agence Tristan comme couverture. Il s'approprie certainement des sommes qui appartiennent à la véritable Lola Flanders, et Millie Frances lui sert sans doute de prête-nom.

Lorsqu'elle fait part de ses conclusions à son père, celui-ci l'approuve.

— J'espère que la police aura tiré tout ça au clair avant notre retour en Amérique.

Puis il regarde sa montre.

— Il est temps de partir, déclare-t-il.

Une demi-heure plus tard, les Roy et Pedro enregistrent leurs bagages à l'aéroport. Chacun des voyageurs emporte une grande valise destinée à la soute et un sac léger contenant quelques objets de toilette et du linge de nuit. En attendant le moment d'embarquer, tous trois rejoignent Ned et tante Élise.

Soudain, un énorme appareil descend vers la piste. Fascinés par le spectacle, les voyageurs le regardent atterrir. Alice est si captivée qu'elle remarque à peine l'inconnu qui se joint à leur groupe. Tout à coup, elle s'aperçoit que l'homme vient de ramasser le sac qu'elle a déposé à côté d'elle et s'enfuit à toutes jambes.

Aussitôt, la jeune fille s'élance derrière le voleur sans avoir le temps d'alerter son père et ses amis. Comme elle gagne du terrain, elle a l'impression que l'homme ouvre son bagage.

— Arrêtez ! crie-t-elle.

Voyant que l'inconnu ne réagit pas, Alice hurle à pleins poumons :

— Au voleur ! Arrêtez-le !

Cette fois, l'homme laisse tomber le sac et prend ses jambes à son cou. La jeune détective s'empresse de ramasser son bagage et constate qu'un pan de son peignoir dépasse de l'ouverture. Soucieuse, elle s'assied dans un fauteuil du hall, pose son sac sur ses genoux et l'ouvre tout grand.

À cet instant, une vapeur âcre s'élève des objets et des vêtements en désordre. Alice découvre une petite bouteille débouchée au milieu du sac. Elle n'a pas le temps de remettre le couvercle qu'elle se met déjà à tousser et à suffoquer. L'instant d'après, les vapeurs atteignent ses yeux et elle s'écrie :

— Je ne vois plus rien !

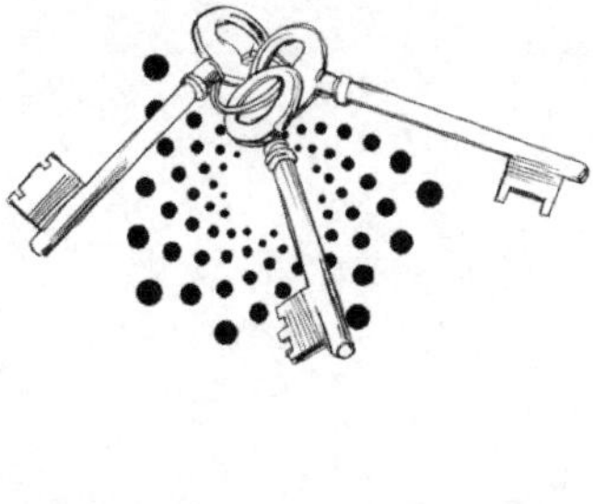

chapitre 20

À la recherche de Lola Flanders

Au cri de la jeune fille, un agent de sécurité se précipite.

— Qu'y a-t-il, mademoiselle ?

— Mes yeux, mes yeux, gémit la jeune détective. Quelqu'un a dû verser un acide dans mon sac.

L'agent propose aussitôt à Alice de l'emmener se faire soigner. Il la débarrasse de son bagage et la conduit jusqu'au poste de secours. Très vite, une infirmière prend la jeune fille en charge. Elle la fait entrer dans le cabinet du médecin, puis elle apporte le sac. L'odeur qui s'échappe encore du bagage est caractéristique, et le docteur l'identifie aussitôt.

— Emportez ça dehors, ordonne-t-il.

L'infirmière obéit sur-le-champ et le médecin se met à préparer des compresses. Il les humecte d'un liquide huileux pour tamponner les yeux de la jeune fille. Peu à peu, l'atroce sensation de brûlure que la jeune détective ressent s'atténue. Alice commence à distinguer vaguement ce qui l'entoure.

— C'est grave ? s'inquiète-t-elle.

— Non, heureusement, la rassure le médecin. Si le liquide avait atteint vos yeux, ça aurait été une autre histoire. Mais seules les vapeurs ont été au contact de vos muqueuses. Vous avez eu de la chance...

La jeune fille ne tarde pas à se sentir complètement soulagée et elle remercie le médecin du secours rapide qu'il lui a apporté. Cependant, celui-ci prend un air grave.

— Est-ce que je peux savoir pour quelle raison vous transportiez un produit aussi dangereux dans votre sac ?

Les yeux du docteur s'écarquillent de stupeur quand Alice lui raconte l'incident.

— Celui qui a essayé de vous aveugler devrait être mis en prison !

Pendant que la jeune détective discute avec le médecin, James Roy et ses compagnons commencent à s'inquiéter de sa disparition.

— Elle a dû retourner téléphoner au capitaine Smith, suggère Ned.

— En tout cas, j'aimerais bien qu'elle se dépêche, s'impatiente James Roy. Il ne reste que cinq minutes avant l'embarquement.

Alors que Ned fouille du regard le hall pour trouver son amie, il remarque une scène étrange à quelques mètres de là. Devant la porte du poste de secours, un policier et une infirmière examinent le contenu d'un sac grand ouvert devant eux. Le jeune homme désigne le groupe à la tante de la jeune détective et lui chuchote :

— Tout ça respire le mystère et je suis prêt à parier qu'Alice est déjà sur la piste !

Pourtant, Élise Roy ne sourit pas, car parmi les objets éparpillés autour du sac elle vient de reconnaître le peignoir à fleurs de sa nièce.

— C'est le sac d'Alice ! s'écrie-t-elle.

Tout le monde se précipite alors vers le policier pour lui demander des explications. Celui-ci répond avec impatience :

— C'est une petite idiote qui transportait une bouteille d'acide dans sa valise. Évidemment, le flacon s'est débouché... et maintenant, elle est à l'infirmerie ; le docteur est en train de s'occuper d'elle.

Se tournant vers l'infirmière, James Roy se présente :

— Je suis le père de cette jeune fille. Est-ce que vous pouvez nous conduire auprès d'elle ?

En pénétrant dans l'infirmerie, il se rue dans le cabinet du médecin, suivi de Ned, de Pedro et de tante Élise.

— Alice, qu'est-ce qu'il s'est passé ? s'écrie-t-il.

Une nouvelle fois, la jeune fille raconte l'incident. Puis, le médecin ayant affirmé qu'elle est en état de voyager, Alice se hâte de sortir avec ses compagnons. Elle prend toutefois le temps de revenir auprès de l'agent de sécurité pour lui donner la description du coupable. Malheureusement, celle-ci n'est que très vague, car la jeune fille ne l'a vu que de dos.

— J'aurais aimé pouvoir vous renseigner un peu mieux, termine-t-elle.

Puis elle ajoute pour elle-même avec un sourire : « En tout cas, ceux qui espéraient m'empêcher de partir pour l'Angleterre en seront pour leurs frais. »

Comme elle récupère son sac, elle en examine le contenu. L'acide s'est répandu sur la plupart de ses affaires. Peignoir, chemise de nuit, pantoufles et trousse de toilette sont totalement brûlés. Mais le sac est encore utilisable.

À cet instant, les haut-parleurs de l'aéroport annoncent :

— Vol 1205 pour Londres. Les passagers sont invités à monter à bord...

Pedro et les Roy disent au revoir à Ned et à tante Élise, puis ils s'installent à leur place dans l'avion. Quelques instants plus tard, l'appareil se met à rouler lentement sur la piste pour gagner sa position d'envol, où il attend le signal de départ. Enfin, il s'élance sur la piste dans un grondement de tonnerre et décolle.

Alice regarde par son hublot la terre qui s'éloigne peu à peu. Aussi longtemps que le continent est en vue, elle reste le visage collé à la vitre épaisse. Puis lorsque l'avion s'est élevé au-dessus des nuages, elle se met à feuilleter la revue que sa tante lui a donnée. Pourtant, comme la lecture lui fatigue les yeux, elle finit par renoncer. Elle se tourne alors vers Pedro et lui demande depuis combien de temps il n'a pas vu son père.

— Depuis qu'il a quitté le cirque, répond-il, il y a déjà plusieurs années. Je suis sûr que vous vous entendrez bien avec lui. Il est très gentil, fin et plein d'esprit.

Quelques heures plus tard, l'avion amorce sa descente sur Londres. Très excitée, Alice reprend sa place près du hublot pour ne rien manquer de l'arrivée en Angleterre. Et, quand l'appareil a atterri, la jeune fille et ses compagnons sont parmi les premiers à descendre par la passerelle. Ils se rendent à la douane, puis se dirigent vers la sortie de l'aéroport.

Avec une impatience visible, Pedro cherche son père des yeux. Tout à coup, il l'aperçoit et se met à courir. Alice voit les deux hommes se jeter dans les bras l'un de l'autre avec émotion. Quand elle les rejoint avec son père, Pedro s'empresse de faire les présentations.

— Alice, voici mon père, Francisco Favia, commence-t-il. Papa, voici la jeune fille dont je t'ai parlé. Elle nous aide de son mieux pour qu'on puisse se marier, Lolita et moi.

— Je suis doublement ravi de faire votre connaissance, mademoiselle, assure le vieil homme en souriant.

— Vous savez que vous êtes aussi mêlé à cette mystérieuse affaire ? lance la jeune fille. Si je suis ici avec mon père, c'est parce que vous croyez avoir aperçu Lola Flanders près de chez vous.

— Malheureusement, j'ai laissé cette femme se perdre dans la foule..., déplore le père de Pedro. Mais nous parlerons de tout ça plus tard. Pour l'instant, je vais vous conduire à l'hôtel :

j'ai retenu des chambres dans un petit endroit très calme.

M. Favia les entraîne vers un taxi, qui les emmène bientôt dans les rues étroites et animées de la ville. Tandis que la jeune fille s'émerveille du charme des lieux, Pedro raconte à son père l'incident survenu au départ de New York.

Interrompant les deux hommes, Alice intervient :

— Si ça ne vous dérange pas trop, j'aimerais faire quelques achats. Je n'ai plus de peignoir ni de pantoufles...

Le père de Pedro propose alors de s'arrêter chez *Liberty,* l'un des grands magasins de Londres. Alors que le taxi ralentit devant les vitrines, James Roy s'adresse à sa fille :

— Rendez-vous dans une demi-heure. Tiens, voici de quoi payer, lui dit-il en lui tendant quelques billets de banque anglais.

Là-dessus, il s'éloigne avec Pedro et son père.

« Il faut que je choisisse quelques souvenirs, songe la jeune détective. Pour Sarah, pour Ned, et aussi pour Bess et Marion. Elles ont été si gentilles de m'aider dans mon enquête. »

La jeune fille déambule alors dans les rayons du grand magasin, à la recherche des cadeaux parfaits. Absorbée par sa tâche, elle en oublie l'heure fixée par son père, et doit courir pour rejoindre ses compagnons.

— Excusez-moi d'être en retard, souffle-t-elle.

— Ce n'est rien, assure James Roy avec un sourire malicieux. La plupart des jeunes filles auraient mis une demi-journée au moins pour acheter autant de choses que toi !

Les emplettes terminées, les voyageurs s'arrêtent à l'hôtel pour déposer les bagages puis se rendent chez le prêteur sur gages. Sa boutique n'est pas très loin et ils y vont à pied.

Sur place, le marchand se montre très aimable et, bien que trois années se soient écoulées depuis la visite de Lola Flanders, il déclare se souvenir parfaitement de celle-ci.

— Elle me faisait de la peine, raconte-t-il. Elle semblait effrayée et terriblement gênée. Il était évident que cela lui déchirait le cœur de se séparer de son bracelet.

Lorsqu'il décrit sa cliente, Alice songe aussitôt à Lolita. La mère et la fille doivent beaucoup se ressembler.

— C'est elle que j'ai vue. J'en suis sûr ! s'exclame M. Favia.

— Alors, il faut partir à sa recherche tout de suite, s'enflamme la jeune détective.

— Attends un peu, intervient James Roy.

J'aimerais d'abord rendre visite à l'avocat que j'ai contacté au sujet de l'affaire. Pourquoi n'irais-tu pas visiter la ville avec Pedro et son père pendant ce temps ? On partira demain.

Comme convenu, Alice et ses trois compagnons sont prêts de bonne heure le lendemain matin. James Roy a loué une voiture confortable, mais n'ayant pas l'habitude de conduire sur le côté gauche de la route, il propose au père de Pedro de prendre le volant.

La jeune détective contemple le paysage avec ravissement, tandis que le véhicule roule vers la petite ville de Tewkesbury, où réside le vieil homme. Celui-ci demande bientôt à la jeune fille comment elle compte mener ses recherches.

— De mon côté, j'ai déjà essayé de me renseigner dans tous les endroits possibles, explique-t-il. Sans succès.

— Peut-être que Lola Flanders est dans une clinique, ou bien dans une maison de repos, suggère Alice.

— Mais comment obtenir les adresses de tous les établissements de ce genre de la région ? observe l'avocat.

Après un instant de réflexion, Francisco Favia conseille d'aller se renseigner au Centre d'hygiène et de santé de la ville. Il pénètre dans le bâtiment avec Alice. Un employé leur apprend qu'il existe deux établissements importants et huit autres plus modestes aux environs de la ville.

La jeune détective décide de commencer les visites sur-le-champ. À chaque fois, elle demande s'il s'y trouve une personne du nom de Lola Flanders ou de Laura Flynn. Elle procède ainsi dans six établissements, mais reçoit à chaque fois une réponse négative.

Tout le monde commence à perdre courage. Seule Alice ne désespère pas encore et insiste pour continuer. La dernière maison devant laquelle ils s'arrêtent est d'aspect délabré et le jardin qui l'entoure est en friche. Fatigués, les trois hommes préfèrent laisser la jeune fille mener son dernier interrogatoire seule.

La femme qui vient ouvrir la porte est la directrice en personne. Elle s'appelle Mme Claret et a l'air aussi négligée que sa maison. Pourtant, la jeune détective oublie ces détails en un clin d'œil lorsque Mme Claret lui confirme que l'une de ses pensionnaires s'appelle en effet Lola Flanders !

— Que je suis contente ! s'enthousiasme Alice. Je suis venue des États-Unis exprès pour la voir !

La directrice de l'établissement regarde fixement la visiteuse.

— Vous n'auriez pas dû vous donner tant de peine, mademoiselle, déclare-t-elle. Mme Flanders a perdu la mémoire et ne reconnaît personne !

chapitre 21

L'artiste amnésique

Madame Claret referme déjà sa porte, mais Alice s'écrie :

— Madame, je vous en prie, écoutez-moi !

De mauvaise grâce, la femme fait entrer sa visiteuse dans un salon obscur au mobilier défraîchi.

— Pourriez-vous me parler de Mme Flanders ? prie la jeune détective, avec un sourire désarmant. Si elle est bien la personne que je recherche, sa fille voudra avoir des détails sur elle quand je rentrerai en Amérique. C'est une amie et elle a tellement envie de revoir sa mère...

La directrice hésite quelques instants puis finit par se décider :

— Lola Flanders est américaine, explique-t-elle. Elle était artiste de cirque jusqu'à ce qu'elle fasse une chute très grave. Un certain M. Jones est venu un jour me demander si je pourrais recevoir cette dame ici. Quelque temps après, il me l'a amenée. C'est tout ce que je sais.

De son côté, Alice est persuadée que la directrice de l'établissement peut lui apprendre encore bien d'autres choses. Et plusieurs questions se présentent à son esprit.

— C'était il y a combien de temps ?

— Presque dix ans.

La date correspond à l'époque où les Karl ont emmené Lolita en Amérique !

— Vous pourriez me décrire ce M. Jones ? reprend Alice.

Le portrait que dresse Mme Claret correspond à celui de M. Karl. Petit à petit, les pièces du puzzle commencent à se mettre en place !

— Mme Flanders possède-t-elle des bijoux ? poursuit-elle.

La directrice de la maison de repos tressaille.

— C'est M. Jones qui me paie la pension de Mme Flanders, déclare-t-elle d'un ton hésitant. Mais je dois toujours attendre... Il n'envoie pas de chèques, il vient une fois par an m'apporter l'argent. Et, il y a trois ans, je ne l'ai pas vu.

Je ne pouvais tout de même pas garder Lola ici pour rien : vous savez ce que c'est...

La jeune détective l'encourage à continuer. Alors, la femme raconte que, ayant parlé de ses difficultés à Lola, celle-ci lui a finalement montré un superbe bracelet jusque-là caché dans ses bagages.

— Je suis partie avec Lola le mettre en gage à Londres, reprend-elle. Je lui avais recommandé de ne pas donner son vrai nom, parce que la police surveille parfois de très près ces prêteurs et que ça risquait de nous attirer des histoires...

« C'est pour ça qu'elle a utilisé le nom de Laura Flynn... », en déduit Alice.

— Depuis combien de temps Mme Flanders a-t-elle perdu la mémoire ? s'enquiert-elle ensuite.

— Elle est comme ça depuis son arrivée, affirme Mme Claret.

La directrice précise cependant qu'il ne s'agit pas d'une amnésie complète. La malade est indifférente et distraite, son esprit s'égare souvent, mais elle ne perd jamais la notion de son identité.

— Certains jours, elle semble se souvenir parfaitement de tout. Et puis, sa mémoire s'affaiblit. Après ça, elle agit presque comme une enfant pendant plusieurs semaines. On dirait qu'elle a peur et, pour être franche, j'ai l'impression que ses médicaments sont pour quelque chose dans tout ça.

— Elle est sous surveillance médicale ? s'étonne Alice.

— Le médecin qui soigne Lola vient de Londres deux fois par an et laisse toujours en partant une importante provision de poudre blanche. Lola en prend un jour sur deux.

— Mme Claret, demande brusquement la jeune détective, est-ce que je peux voir Lola Flanders ?

La directrice de la maison de repos paraît un moment mal à l'aise. Finalement, elle lève les yeux vers sa visiteuse, et dit :

— M. Jones a interdit qu'elle reçoive des visites, mais je suis prête à fermer les yeux pour cette fois. Venez avec moi, je vais vous conduire auprès d'elle.

La femme s'engage dans un escalier sombre et étroit. Sur le palier du premier étage, elle ouvre une porte et annonce :

— Lola, vous avez une visite : quelqu'un des États-Unis !

Puis la directrice laisse Alice entrer. Une dame aux cheveux gris est assise près de la fenêtre dans un vieux fauteuil à bascule. En découvrant son visage régulier et la douceur de sa physionomie, la jeune détective n'a plus aucun doute : elle est bien devant la mère de Lolita !

— Bonjour, madame, commence-t-elle doucement en s'approchant. Je suis venue de très loin pour vous rencontrer.

— C'est très gentil à vous, mademoiselle. Je n'ai jamais de visites, l'accueille poliment Lola.

— Un de vos amis habite près d'ici, continue la jeune détective, il vous a aperçue au cirque il n'y a pas très longtemps.

Lola Flanders reste impassible. Elle semble avoir oublié les circonstances qu'Alice vient d'évoquer.

— C'est vrai, j'ai emmené tous les patients voir un cirque de passage, il y a quelque temps, reconnaît Mme Claret. Qui est cet ami dont vous parlez ?

— Il s'appelle Francisco Favia, répond Alice, sans quitter des yeux Lola Flanders.

Celle-ci a un sursaut, et pendant quelques secondes le voile qui ternit son regard paraît se dissiper.

— Francisco ! s'exclame-t-elle. C'était l'un des meilleurs clowns au monde !

Mais le visage de Lola se fige brusquement de nouveau.

— Vous m'avez posé une question ? demande-t-elle distraitement.

Mme Claret hausse les épaules et regarde Alice comme pour la prendre à témoin de l'étrange maladie dont souffre Lola Flanders. Cependant, la jeune détective ne se décourage pas.

— Je suis une amie de votre fille Lolita, reprend-elle.

— Lolita ?

Mme Flanders fronce les sourcils, comme si elle devait faire un grand effort pour se souvenir de ce nom.

— Oui, votre fille Lolita est en ce moment au cirque Sim, poursuit Alice très vite. Elle est célèbre aux États-Unis.

— Lolita, ma petite Lolita, murmure Lola Flanders d'une voix si basse que ses interlocutrices l'entendent à peine. Elle était si petite quand elle est morte...

Alice est bouleversée par ces paroles. Ainsi on a fait croire à Lola Flanders que son enfant était décédée !

« Voilà encore l'une des manigances de M. Karl, songe la jeune fille. Cet homme est décidément un monstre ! »

Très émue, elle décide de changer de sujet.

— On m'a dit qu'une reine vous avait offert

un beau bracelet il y a longtemps. Si je ne m'abuse, il est orné de petites pendeloques dont chacune représente un cheval.

Lola Flanders se soulève sur son fauteuil.

— Oui, c'est bien ça, confirme-t-elle avec émotion. Madame Claret, où est mon bracelet ?

Sans laisser le temps à la directrice de répondre, Alice, remontant sa manche, montre son bras à la mère de Lolita.

— Est-ce que ce bracelet est à vous, madame ? demande-t-elle.

L'ancienne artiste de cirque observe le bijou avec des yeux fixes comme si elle voyait apparaître un fantôme. La jeune détective l'ôte et le fait glisser au poignet de la malade.

— S'il vous plaît, mademoiselle, articule-t-elle d'une voix plus assurée, parlez-moi de ce bracelet. Comment l'avez-vous eu ?

— Il vient d'un magasin de New York, répond la jeune fille. C'est ma tante qui l'a acheté pour me l'offrir.

D'un signe de tête, Lola Flanders indique qu'elle a compris, et Alice se hâte de poursuivre, afin d'éveiller sa mémoire le plus complètement possible. Avec douceur, elle confie à la vieille femme :

— On vous a fait croire que votre petite fille

n'était plus de ce monde, mais ce n'est pas vrai. Lolita habite aux États-Unis et elle va très bien.

Instinctivement, la jeune détective décide de ne pas révéler que Lolita est trapéziste, de peur que cela ne ravive chez la mère le souvenir de l'affreux accident qui a coûté la vie à John Flanders.

— Alors, mon enfant chérie est vivante ! murmure Lola, osant à peine y croire.

Alice hoche la tête.

— Vous voudriez aller la retrouver ? propose-t-elle.

Lola Flanders reste sans voix, et des larmes de joie lui emplissent les yeux. La jeune détective lui apprend alors que James Roy, son père, est avocat à River City et qu'il l'attend dehors.

— Il n'aura aucun mal à effectuer les démarches nécessaires pour que vous puissiez nous accompagner aux États-Unis dans quelques jours. Et votre vieil ami Francisco est là, aussi, avec son fils, Pedro.

— Allons le voir tout de suite ! s'enthousiasme Lola.

Soudain, pourtant, elle se ravise en regardant ses vêtements misérables.

— Je ne peux sortir habillée comme ça, se lamente-t-elle.

— On va arranger ça, promet Mme Claret.

Joignant le geste à la parole, la directrice sort un instant pour revenir avec une robe élégante.

— C'est ma robe du dimanche, explique la directrice, je suis sûre qu'elle vous ira.

Elle aide l'artiste à s'habiller tandis qu'Alice se met en devoir de lui coiffer les cheveux.

Quelques minutes plus tard, Lola est prête. Elle descend au rez-de-chaussée pendant que la jeune détective va chercher son père ainsi que Francisco et Pedro.

— Lola, quel bonheur de te revoir ! s'écrie le vieux clown en embrassant sa vieille amie.

Alice présente ensuite James Roy et le jeune Pedro.

— Dans combien de temps Mme Flanders peut-elle partir ? demande la jeune fille à Mme Claret.

— Tout de suite, si vous le voulez, répond celle-ci. Elle a très peu de bagages, et il ne me faudra pas plus d'un quart d'heure pour tout emballer.

Avant que Lola Flanders ait le temps de se remettre de ses émotions, elle se retrouve installée dans la voiture de location et fait ses adieux à Mme Claret.

De retour à Londres, James Roy insiste pour que Lola Flanders consulte un nouveau médecin. Celui-ci découvre rapidement que les médicaments qu'on lui administrait, beaucoup trop forts, sont responsables de son état. Il affirme que les effets disparaîtront très vite une fois qu'elle aura arrêté de les prendre.

Le jour même, l'avocat effectue les démarches nécessaires pour emmener Lola aux États-Unis. En accord avec lui, Alice décide de ne pas prévenir Lolita. Par prudence, ils préfèrent en effet attendre d'être arrivés pour apprendre les merveilleuses nouvelles à la jeune fille.

Les Favia accompagnent les voyageurs à l'aéroport. Peu avant le départ, Pedro prend Alice à part et lui demande de l'appeler quand elle jugera qu'il peut revenir auprès de Lolita.

— Le mystère est encore loin d'être totalement éclairci, l'avertit la jeune détective.

Le vol vers les États-Unis se déroule sans problème, mais lorsque les voyageurs arrivent à New York, une hôtesse prévient Alice qu'un message l'attend. Comme on lui remet une enveloppe, la jeune fille déchire vivement le papier, puis lit et relit le message avec des yeux remplis d'horreur.

Lolita grièvement blessée. T'attends à New York, hôtel Collins. Bess.

chapitre 22

Nouvelle disparition

Alice est écrasée par l'affreuse nouvelle. Discrètement, elle tend la dépêche à son père en lui murmurant de ne pas la lire à haute voix.

— Il ne faut pas que Mme Flanders la voie, souffle-t-elle.

La pauvre femme regarde autour d'elle, l'air égaré, et Alice craint un moment que sa raison ne soit vraiment ébranlée par les épreuves qu'elle a traversées. Mais un sourire détend brusquement le visage de Lola.

— Me voici donc de retour aux États-Unis, murmure-t-elle. J'ai tant de mal à croire que je vais bientôt revoir ma chère petite fille !

— Il va falloir qu'on se mette à sa recherche, la prévient Alice doucement. Je ne sais pas où se trouve le cirque Sim en ce moment.

Mme Flanders tremble d'émotion. Pendant que James Roy va récupérer les bagages, Alice la conduit au salon d'attente et demande à l'employée de service de bien vouloir veiller sur elle un instant.

— Ne la laissez pas sortir d'ici, recommande la jeune détective.

Puis elle court rejoindre son père près du tapis à bagages.

— Personne ne savait qu'on rentrait aujourd'hui, déclare-t-elle. Cette dépêche m'a tout l'air d'un piège, qu'en penses-tu ?

— Tu as peut-être raison, reconnaît l'avocat.

— La seule façon d'être fixés, c'est de téléphoner à Bess, décrète Alice.

Elle se dirige vers une cabine téléphonique et appelle son amie.

— Bonjour Bess, je viens d'arriver à New York. Tu m'as envoyé un message ?

— Non, pourquoi ? répond la jeune fille, surprise.

— À l'aéroport, un message signé de ton nom m'attendait, explique la jeune détective. Sinon, tu as des nouvelles de Lolita ?

— Erika m'a téléphoné tout à l'heure. Lolita va très bien, mais elle s'inquiète beaucoup pour Pedro.

— Il n'y a pas de problème, Pedro est avec

son père en Angleterre et il attend la première occasion pour venir la rejoindre. Dis-moi, tu sais où joue le cirque Sim en ce moment ?

— Il doit partir pour Melville ce soir, déclare Bess. Il va y rester trois jours. C'est justement pour me donner cette information qu'Erika m'a appelée.

Lorsque la jeune détective rejoint son père, elle lui confirme que le message est un faux. James Roy prend un air soucieux.

— Il n'y a plus de doute, Alice, on nous surveille et on est sûrement suivis aussi. Qu'est-ce que tu dirais d'en donner à ces espions pour leur argent et de les semer comme il faut ?

— Bonne idée ! s'écrie la jeune fille. D'ailleurs, je sais comment procéder. Tout à l'heure, j'ai entendu annoncer qu'un avion décollait dans dix minutes pour Angusta. Si on sautait dedans ? On pourra ensuite louer une voiture pour revenir à New York. Celui qui nous suit ne pourra jamais nous rattraper à temps !

— C'est un plan excellent, approuve l'avocat avec un sourire.

Une valise dans chaque main, il s'en va aussitôt acheter trois billets pour Angusta, tandis que sa fille court chercher Lola Flanders pour la conduire à l'embarquement.

L'aller-retour entre New York et Angusta ne

dure que deux heures et, au début de l'après-midi, les trois voyageurs viennent sonner chez tante Élise. James Roy prend aussitôt sa sœur à part pour la prier d'héberger Lola Flanders en attendant qu'elle puisse rejoindre sa fille. Élise Roy accepte sans hésiter et insiste pour qu'Alice loge également chez elle. De son côté, l'avocat annonce qu'il doit regagner son bureau au plus tôt et qu'il attrapera le prochain avion pour River City.

Quand à la jeune détective, elle tient à mettre le capitaine Smith au courant de ce qui s'est passé et de ce qu'elle a découvert en Angleterre.

— Et moi, j'ai une course à faire, déclare tante Élise.

— Ça ne vous dérange pas de rester seule ? demande Alice à Lola Flanders.

Celle-ci se met à rire. C'est la première fois que la jeune fille l'entend rire et elle se sent aussitôt rassurée sur son état.

— Allez faire vos courses, ordonne gentiment Lola. Je ne suis plus la même qu'en Angleterre, vous savez, et je n'ai pas peur. D'ailleurs, que pourrait-il m'arriver à présent ?

Tranquillisées, Alice et sa tante partent ensemble. Elles se séparent à l'angle de la rue, Élise Roy ayant promis de ne pas rester absente plus d'un quart d'heure. Quelques minutes plus tard, la jeune détective est introduite dans le bureau du capitaine Smith.

— Déjà de retour ? s'étonne-t-il. Il y a du nouveau ?

Le policier est stupéfait par le récit de la visiteuse. Puis, la regardant avec admiration, il déclare qu'aucun détective professionnel n'aurait mené une telle enquête mieux qu'elle ni obtenu de tels résultats aussi rapidement.

— Il reste beaucoup à faire, murmure Alice, rougissante. Avez-vous découvert quelque chose au sujet de l'agence Tristan et des chèques qu'elle recevait au nom de Lola Flanders ?

— Figurez-vous que les gérants ont plié bagage ! l'informe le capitaine. La maison est fermée et ils n'ont pas laissé d'adresse. Quand vous êtes arrivée, je m'apprêtais à téléphoner à l'une des sociétés qui envoie habituellement des dividendes à Lola Flanders, pour savoir si elle avait été avertie de ce départ.

En présence d'Alice, le policier décroche le téléphone et appelle une société de commerce. Il obtient sur-le-champ le renseignement qu'il souhaite. Raccrochant l'appareil, il se tourne vers la jeune fille.

— On a de la chance : l'adresse qu'on vient de me donner est celle de l'hôtel Collins, à New York !

En entendant le nom de l'hôtel, Alice s'empresse de raconter au policier l'affaire du faux message qui lui fixait justement rendez-vous à l'hôtel Collins.

— Vous n'y êtes pas allée, j'espère, s'inquiète-t-il. Le quartier n'est pas très bien famé.

— Non, le rassure Alice. J'ai compris que c'était un guet-apens et je n'y ai pas mis les pieds.

— J'appelle la réception de l'hôtel tout de suite, décide le policier.

Après une courte conversation, il raccroche.

— Visiblement, une jeune danseuse du nom de Lola Flanders a loué une chambre hier, explique-t-il à son interlocutrice. Je vais envoyer un de mes hommes là-bas pour prendre des renseignements sur cette soi-disant danseuse. Pendant ce temps, on va essayer de savoir qui a envoyé le faux message, ajoute-t-il.

— Si vous découvrez quelque chose d'intéressant, n'hésitez pas à m'appeler chez ma tante, le prie Alice.

— Je vous le promets, répond le capitaine Smith.

La jeune fille regagne alors l'appartement d'Élise Roy. Lorsqu'elle frappe à la porte, sa tante lui ouvre immédiatement. Elle a l'air affolé.

— Alice, s'étrangle-t-elle, Lola Flanders a disparu ! Elle a dû avoir une nouvelle crise d'amnésie et quitter l'appartement sans se rendre compte de ce qu'elle faisait.

« Pourvu qu'elle n'ait pas été enlevée par ses ennemis... », songe la détective, au comble de l'inquiétude.

Sans perdre une seconde, elle redescend dans la rue et demande à un groupe d'enfants qui jouent là s'ils ont vu sortir quelqu'un de l'immeuble.

— Oui, affirme une fillette. Une dame âgée est partie en taxi. Elle était avec une femme blonde toute frisée qui avait des joues très rouges.

— Est-ce que tu as entendu l'adresse qu'elle a donnée au chauffeur ? reprend Alice.

— Non, je n'ai pas fait attention, réplique la fillette.

La première pensée de la jeune détective est pour l'hôtel Collins. Comme elle remonte chez sa tante, plus angoissée que jamais, elle songe à s'y rendre sur-le-champ.

Elle vient à peine de passer la porte de l'appartement que le policier appelle justement la jeune fille pour l'informer que la danseuse inscrite à l'hôtel sous le nom de Lola Flanders n'y a pas reparu depuis son arrivée. Alice lui annonce de son côté que la véritable Lola Flanders a disparu et lui fait part de ses craintes. Le capitaine Smith déclare qu'il va prévenir ses hommes chargés d'enquêter à l'hôtel Collins et qu'il la rappellera.

Comme elle raccroche le combiné, la jeune détective a soudain une idée : « Millie Frances ! se souvient-elle, c'est le nom de scène de la danseuse qui reçoit de l'argent pour le compte de Lola Flanders ! »

S'emparant de l'annuaire du téléphone, elle relève le numéro de toutes les agences théâtrales et de tous les cabarets qui présentent un spectacle. Puis elle se met en devoir de leur téléphoner un à un. La liste est longue et la tâche fastidieuse. Néanmoins, après une heure et demie d'efforts, la jeune fille apprend qu'une certaine Millie Frances danse dans un cabaret, *Le Corsaire*.

Elle se demande alors comment entrer en contact avec la danseuse : même si celle-ci ne sait rien de la mère de Lolita ni de sa disparition, elle pourra peut-être la mettre sur la trace des coupables...

Comme Alice réfléchit, quelqu'un sonne. La jeune fille se rue vers la porte, dans l'espoir que Lola Flanders soit de retour. Mais, à sa grande surprise, elle découvre Ned Nickerson, un large sourire sur les lèvres.

— Surprise ! lance-t-il.

chapitre 23

Les masques tombent

— Je parie que tu ne m'attendais pas ! déclare-t-il, triomphant. J'ai téléphoné ici tout à l'heure pour savoir si, par hasard, tu n'étais pas rentrée. Et me voilà !

Alice le regarde avec stupéfaction.

— Mais qui a répondu à ton coup de fil ?

— Une voix de femme que je n'ai pas reconnue. Elle m'a simplement dit que tu étais sortie avec ta tante.

— C'était la mère de Lolita ! s'écrie la jeune fille. Elle a ajouté autre chose ?

— Oui, elle m'a demandé de passer plus tard, si je voulais te voir, parce que ta tante et toi étiez absentes.

— Et ensuite ?

— C'est tout. Non, attends... il me semble qu'elle a parlé de sortir, elle aussi.

— Elle a dit où ? Et pourquoi ?

Le jeune homme répond que l'inconnue a murmuré quelques paroles indistinctes, au sujet de sa fille.

— C'est bien ce que je craignais, s'affole Alice. Lola a été enlevée !

Elle met rapidement son ami au courant de la situation :

— Il faut qu'on aille tout de suite au *Corsaire !* décide-t-elle.

— Je serais ravi de sortir avec toi, admet Ned. Mais tu peux m'expliquer pourquoi tu choisis ce cabaret de deuxième ordre et qui n'ouvre qu'à minuit ?

Désappointée, la jeune fille se tait un instant, puis elle reprend avec espoir :

— Ce n'est pas grave, allons-y quand même. Les artistes répètent souvent l'après-midi. Avec un peu de chance...

Les deux amis se mettent en route, et Alice annonce à son compagnon :

— J'ai une idée, Ned, si on ne veut pas nous laisser entrer, je dirai que je cherche un engagement. En attendant de voir le directeur, je me débrouillerai pour faire un brin de causette avec Millie Frances.

Comme le jeune homme accueille ces paroles

par une moue de désapprobation, la jeune fille se met à rire.

— Ne t'en fais pas, je n'ai aucunement l'intention de devenir artiste de cabaret ! s'exclame-t-elle.

Comme la jeune détective l'espérait, *Le Corsaire* est ouvert. Il n'y aucun gardien à l'entrée et les deux amis pénètrent sans problème dans la salle de spectacle, où les artistes répètent leur numéro. Alice et Ned s'installent à une table dans un coin peu éclairé.

Ils n'ont aucune difficulté à identifier la danseuse qu'ils recherchent, car bientôt un homme assis en bordure de la piste sur laquelle se déroule le spectacle s'écrie d'une voix retentissante :

— Alors, Millie, qu'est-ce qu'il t'arrive aujourd'hui ? Tu chantes faux, ma fille. Faux comme une casserole !

La jeune artiste danse mieux qu'elle ne chante, mais elle semble nerveuse. Son numéro terminé, elle s'assied à une table non loin de l'endroit où Alice et Ned se trouvent. Profitant de l'occasion, la détective amateur prend une chaise à côté d'elle et assène sans préambule :

— Où est la véritable Lola Flanders ?

Surprise, Millie a un sursaut en arrière et demande à Alice qui elle est.

— Je suis détective et je sais beaucoup de choses sur vous, la prévient la jeune fille.

La danseuse se met à trembler et jure qu'elle n'est mêlée à aucune histoire louche. Cependant, devant l'insistance d'Alice, elle finit par avouer :

— Je travaillais au cirque Sim. M. Karl savait que j'avais besoin d'argent et, quand je suis partie, il m'a proposé de bien me payer si j'acceptais de me faire passer pour Lola Flanders, j'ai accepté.

La danseuse ajoute que, depuis, M. Karl et M. Tristan, le directeur du cabinet d'affaires, la paient largement.

— Et ces courriers qui vous étaient adressés à l'agence sous ce faux nom ? continue Alice. Vous ne trouviez pas ça étrange ?

— Je n'ai jamais reçu ces courriers ! s'offusque Millie.

Alors la jeune détective lui parle des chèques destinés à Lola Flanders.

— Je suis persuadée que M. Karl et M. Tristan s'approprient ainsi régulièrement les sommes correspondantes.

À ces mots, Millie Frances se met à pleurer et proteste de nouveau de son innocence.

— Je ne veux pas aller en prison, gémit-elle.

— Si vous m'avez dit la vérité, vous n'irez probablement pas en prison, déclare Alice. Mais cela jouerait en votre faveur si vous acceptiez de nous révéler où se trouve Lola Flanders en ce moment.

— Je n'en ai pas la moindre idée, s'écrie Millie avec désespoir. Et l'agence Tristan a fermé il y a quelques jours.

— Vous savez où habite le directeur ?

— Oui, s'empresse de répondre la danseuse.

Et elle griffonne l'adresse sur une feuille de papier qu'Alice lui tend.

« Lola Flanders est peut-être là-bas... », songe celle-ci.

— À quelle heure se termine votre répétition ? demande brusquement la jeune détective.

— Pour moi, c'est fini, répond Millie Frances.

— Alors, je vais vous accompagner dans votre loge. Vous vous habillerez et puis vous viendrez avec nous chez M. Tristan.

La danseuse tente d'abord de se dérober, mais Alice ne cède pas.

— La meilleure façon de prouver votre innocence, c'est justement de vous expliquer devant ces gens-là, ajoute-t-elle pour achever de convaincre Millie Frances.

Vingt minutes plus tard, Ned et les deux jeunes filles hèlent un taxi. Sans qu'Alice le sache, son compagnon a téléphoné au capitaine Smith pour le prier d'envoyer un policier chez M. Tristan. En arrivant, il constate que l'homme est déjà là.

La jeune détective invite alors Millie à sonner chez M. Tristan et à s'annoncer à l'interphone sans préciser qu'elle est accompagnée. La danseuse s'exécute et la porte de l'immeuble s'ouvre aussitôt.

Les visiteurs prennent l'ascenseur jusqu'au deuxième étage et se dirigent vers l'appartement de M. Tristan, escortés par le policier. Millie frappe. Quelques secondes plus tard, une femme blonde aux cheveux frisés paraît sur le seuil. Alice et ses compagnons ne lui laissent pas le temps de s'étonner : ils l'écartent sans la moindre cérémonie et pénètrent dans l'appartement.

— Mais qu'est-ce que... ? s'exclame la femme, tandis que le policier referme la porte et s'y adosse tranquillement pour interdire le passage.

Alice et Ned se précipitent dans le salon. Ils

y trouvent Lola Flanders en train de discuter avec M. Tristan.

— Alice, qu'est-ce que vous avez dû penser de moi ? bredouille-t-elle. J'aurais dû vous laisser un mot. Ces personnes sont venues me voir et m'ont proposé de m'emmener auprès de ma fille. On allait partir dans cinq minutes.

— Écoutez-moi, madame Flanders, intervient calmement la jeune fille. Vous avez affaire à des bandits qui ne cherchaient qu'à vous enlever. Ils vous volent votre argent depuis des années et n'ont jamais eu la moindre intention de vous laisser rencontrer Lolita !

À ces mots, M. Tristan bondit vers la jeune détective.

— Qu'est-ce que vous racontez ? rugit-il. Et d'abord, qui êtes-vous ?

— Vous savez très bien qui je suis, riposte-t-elle. Mais peut-être ne connaissez-vous pas encore mon ami, Ned Nickerson ? ni ce policier qui garde la porte !

Les yeux de M. Tristan brillent de colère et, repoussant Alice, il court vers l'entrée. Cependant, il n'a pas le temps d'atteindre la porte : Millie Frances se plante courageusement devant lui.

— Vous ne ferez pas un pas de plus, monsieur Tristan, décrète-t-elle. Et vous allez dire immédiatement à tout le monde que je suis innocente !

À cet instant, quelqu'un frappe à la porte. Le policier ouvre puis s'efface pour laisser entrer le capitaine Smith et deux de ses hommes, venus en renfort.

Alors, comprenant que les jeux sont faits, M. Tristan capitule sans plus de difficulté. Prié de s'expliquer sur ces agissements, il raconte comment M. Karl a eu l'idée, quand Lola Flanders a quitté l'hôpital, de la placer dans une maison de santé et de l'y maintenir sous l'influence de médicaments qui la rendaient comme amnésique. C'est en réalité Mme Karl qui a enlevé la petite Lolita, parce qu'elle s'était beaucoup attachée à elle. De plus, elle avait décelé les aptitudes exceptionnelles de la petite et comptait sur son talent pour leur rapporter une petite fortune.

Après ces terribles révélations, Alice s'inquiète des répercutions qu'elles pourraient avoir sur l'état de santé de Lola Flanders. Pourtant, celle-ci semble supporter courageusement ses épreuves et, lorsqu'elle a regagné l'appartement de tante Élise en compagnie de la jeune détective et de son ami, elle demande aussitôt quand ils partiront pour Melville afin de rejoindre Lolita.

Rassurée, Alice envoie alors Ned réserver des places pour le prochain vol et, deux heures plus tard, tous trois prennent congé de tante Élise dans le hall de l'aéroport.

En montant dans l'avion, les trois passagers ont la surprise d'y trouver Pedro.

— Après votre départ hier, je n'ai pas eu le courage de repartir de l'aéroport. J'avais le pressentiment que tout s'arrangerait et que je pourrais me marier avec Lolita très vite, alors j'ai sauté dans l'avion suivant pour New York. En arrivant ici, j'ai téléphoné à Bess, qui m'a dit que le cirque était à Melville.

— Je crois que votre vœu sera exaucé, déclare Alice, échangeant avec Ned un sourire complice. Et celui de Lolita aussi : sa mère assistera certainement à la cérémonie.

L'avion atterrit à Melville peu avant minuit. Les voyageurs se rendent aussitôt à l'hôtel, et Alice décide que Lola Flanders ne doit en aucun cas quitter sa chambre jusqu'à ce que Lolita puisse l'y rejoindre.

— Nous devons rester sur nos gardes, juge-t-elle, parce que j'ignore si M. Karl a été arrêté ou non.

Et, se tournant vers Ned et Pedro, elle ajoute :

— On ira au cirque tous les trois demain matin très tôt, et on se mêlera aux passants qui viennent visiter la ménagerie. Comme ça, les Karl ne pourront pas nous remarquer. À la première occasion, on ira chercher Lolita pour l'amener ici.

Le lendemain, la jeune fille et ses compagnons sont debout à six heures. En arrivant au campement, ils se dissimulent parmi la foule, attentifs à tout ce qui passe autour d'eux. Puis, lorsqu'ils sont sûrs que la voie est libre, Alice file vers la roulotte de Lolita.

Elle frappe.

— Lolita, réveille-toi ! chuchote-t-elle.

La jeune fille, encore tout endormie, entrebâille la porte.

— Chut ! souffle la jeune détective. Ta mère est ici, habille-toi et suis-moi.

Lolita s'empresse d'obéir et, trop émue pour songer à prendre des précautions, descend de sa roulotte sans chercher à se cacher.

— Je n'arrive pas à y croire, Alice, c'est formidable ! s'écrie-t-elle. Dépêchons-nous.

Les jeunes filles se faufilent rapidement le long de la ménagerie afin de ne pas être reconnues par M. Karl, s'il rôde par hasard aux environs. Mais elles ne voient personne.

Elles arrivent devant la cage du lion Titus, lorsqu'une main de fer s'abat brusquement sur l'épaule d'Alice, l'obligeant à faire volte-face. M. Karl grimace de fureur.

— Vous alliez encore me jouer un mauvais tour ! hurle-t-il. Mais c'est bien la dernière fois, je vous le promets !

De sa main libre, M. Karl ouvre la cage de Titus et pousse la jeune fille...

chapitre 24

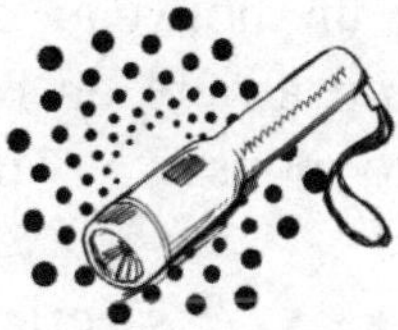

L'énigme de Lolita

Le lion bondit vers l'ouverture de la cage. Alice, elle, lutte de toutes ses forces pour échapper à l'emprise du maître de cérémonie. Lolita, qui pousse des cris perçants, se cramponne à lui pour aider son amie à se dégager.

Et soudain, Ned et Pedro accourent. Ned empoigne son amie et l'écarte violemment à l'instant même où le lion arrive sur elle. Le fauve lance un coup de patte et ses griffes labourent cruellement la main du jeune homme.

Cependant l'intervention du jeune homme a déconcerté M. Karl, qui recule. Titus hésite et le petit groupe, terrifié, se demande si le fauve ne va pas s'échapper de sa cage.

C'est alors que Pedro repère un long fouet de dresseur qui traîne sur le sol. Il s'en empare, vif comme l'éclair, et le fait claquer sous le nez de Titus. Celui-ci gronde avec rage et découvre ses crocs. L'une de ses pattes, engagée dans l'ouverture, empêche Pedro de refermer la grille. Le clown assène un nouveau coup de fouet et le fauve bondit en arrière en rugissant de douleur. Enfin, Pedro pousse vivement la porte et la verrouille.

— Alice, est-ce que ça va ? s'écrie Lolita, bouleversée.

La jeune fille hoche la tête. Bientôt remise de ses émotions, elle se tourne vers Ned et constate que sa main saigne abondamment.

— Il faut aller tout de suite chez un médecin, décrète-t-elle.

Puis, songeant qu'elle ne l'a pas remercié pour son intervention, elle ajoute :

— Tu m'as sauvé la vie. Je...

— Pour une fois, c'est moi le héros ! la coupe le jeune homme, en riant. Et ne t'inquiète pas, je n'ai que des égratignures.

Comme Pedro s'avance pour réconforter sa bien-aimée, Alice jette autour d'elle un coup d'œil rapide.

— Où est M. Karl ? demande-t-elle.

Le maître de cérémonie est invisible...

« Il a dû profiter de la cohue pour disparaître », songe la jeune détective.

— Lolita, tu veux bien accompagner Ned chez le médecin ? reprend-elle. Avec Pedro, on part à la recherche de M. Karl.

Les deux jeunes gens constatent rapidement que le père adoptif de Lolita n'est plus dans le campement, et que Mme Karl a disparu elle aussi. Leur voiture n'est plus là. Alice téléphone alors au commissariat central ; le policier de service lui annonce qu'il vient justement de recevoir de New York l'ordre d'arrêter M. Karl. La jeune fille l'informe que celui-ci a pris la fuite.

— Merci, mademoiselle, dit-il. On va faire barrer les routes immédiatement.

La jeune détective et ses amis n'ont pas longtemps à attendre avant d'apprendre l'arrestation des Karl. Ils sont encore à l'infirmerie avec Ned quand M. Webster vient les prévenir que la police a intercepté les fuyards sur la grand-route. Ils sont déjà au commissariat.

Les quatre amis décident d'assister tous ensemble à leur interrogatoire et se rendent aussitôt au poste de police.

En les voyant arriver, M. Karl leur lance un regard plein de haine. Néanmoins, conscient qu'il ne gagnera rien à continuer de nier puisque ses complices l'ont déjà trahi, il finit par tout avouer. Il explique que M. Tristan est venu à River City à sa demande pour dérober le bracelet d'Alice. C'est comme ça qu'il est entré en possession du bijou qu'il convoitait.

Plusieurs années auparavant, il avait en effet remplacé le pendentif de Lolita par une copie sans valeur, gardant l'original, dans l'espoir de posséder plus tard le bracelet. Il était parvenu à ses fins.

Pourtant, contre toute attente, Alice a découvert la trace du bijou volé, et Karl et Tristan ont alors décidé d'enlever la jeune fille et son amie Marion. Ce plan ayant échoué, Tristan s'est lancé sur la piste de la jeune détective. Il l'a suivie à New York et, pour l'empêcher de partir en Europe, a déposé un flacon d'acide dans ses bagages.

Plus tard, le médecin qui soignait Lola Flanders, passé par hasard à la maison de repos, a prévenu M. Karl de la disparition de l'artiste. Le père adoptif de Lolita a alors pris des renseignements à l'aéroport de Londres pour savoir quand Alice et ses compagnons rentreraient à New York. Là encore, le plan qu'il a mis au point avec son complice pour les intercepter a échoué, et ils ont perdu la trace des trois voyageurs pendant quelques heures. Cependant, la secrétaire de M. Tristan était chargée de monter la garde près de l'appartement d'Élise Roy, au cas où ils repas-

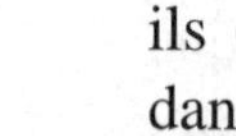

seraient par là. C'est donc elle qui a enlevé Lola Flanders à son arrivée à New York.

M. Karl et M. Tristan ont réussi à s'approprier la totalité des revenus appartenant à Lola Flanders, sans pour autant oser vendre les titres et les valeurs qu'elle possédait. Lolita apprend ainsi avec joie que sa mère retrouvera une partie de sa fortune.

La confession de Karl terminée, les policiers demandent à Alice et à ses camarades s'ils ont des questions à poser.

— Je n'en ai qu'une, dit la jeune détective.

Se tournant vers Karl, elle l'interroge :

— Est-ce vous qui avez agressé M. Roberto au manège ?

Le maître de cérémonie affirme que le coupable est M. Tristan. Comme Jimmy cherchait de nouveau à leur extorquer de l'argent, ils voulaient se débarrasser de lui. C'est pour cela que Tristan s'est rendu en pleine nuit au manège. Mais, dans l'obscurité, il a pris M. Roberto pour le palefrenier et il venait de découvrir son erreur quand un bruit de voix l'a mis en fuite.

Désormais, le mystère est complètement éclairci. Les quatre amis regagnent alors l'hôtel. Par délicatesse, Alice propose de laisser Lolita et sa mère seules le temps de leurs retrouvailles. L'artiste remercie son amie, mais prie

tout le monde de la rejoindre dans la chambre de sa mère dix minutes plus tard.

Quand les trois jeunes gens pénètrent à leur tour chez Lola Flanders, leur joie est immense en voyant le bonheur qui rayonne sur le visage de la mère et de la fille.

— Pedro, j'ai parlé à ma mère de nos projets d'avenir, jubile Lolita. Elle voudrait qu'on l'aide à gérer ses affaires quand on sera mariés.

Lola Flanders s'avance vers le jeune homme et lui prend la main.

— Pendant votre absence, la tante d'Alice m'a téléphoné de New York, pour m'informer des derniers résultats de l'enquête que les policiers mènent là-bas. Ils ont découvert que le cirque Sim était une société montée par actions, et il se trouve que j'en suis pour ainsi dire la seule actionnaire !

— Mais quelle part revient à M. Sim dans ce cas ? s'étonne le fiancé de Lolita.

— À l'époque où le cirque était au bord de la faillite, mon mari a renfloué l'affaire en achetant la plupart des actions du père de l'actuel M. Sim. Karl était au courant et, à mon avis, il ne devait pas perdre une occasion de le rappeler au jeune homme et en profitait sûrement pour obtenir de lui ce qu'il voulait.

— C'est donc ça..., murmure le clown, comprenant tout à coup beaucoup de choses sur le fonctionnement du cirque. J'imagine que M. Karl lui avait précisé que votre disparition restait un mystère. M. Sim devait donc craindre en permanence que vous ne réapparaissiez et que vous ne réclamiez la part qui vous revenait dans l'affaire.

Lola Flanders embrasse le fiancé de Lolita. Celui-ci, qui n'est pas encore revenu de sa surprise, observe :

— M. Karl est peut-être un malfaiteur, mais on peut quand même lui être reconnaissant : grâce à lui, le cirque Sim est redevenu le plus beau cirque du monde !

— C'est vrai, approuve Lolita. Tu verras, maman.

Alice demande ensuite à son amie ce que les Vasco sont devenus.

— Rosa n'était pas en état de reprendre son numéro au moment de ton départ, explique l'artiste, et mon père adoptif en a profité pour licencier tout le monde.

— Quel dommage, dit la jeune détective.

— Mais, maintenant que les Karl sont partis, les Vasco vont pouvoir revenir au cirque ! s'enthousiasme la trapéziste. Et ils participeront à la fête que nous donnerons pour notre mariage. Alice, qu'est-ce que tu en penses ? Tu pourras prendre la place de Rosa ce soir-là !

— Rien ne me ferait plus plaisir, assure la jeune fille en souriant.

Huit jours plus tard, le mariage de Lolita et de Pedro a lieu. Ce soir-là, le cirque Sim donne une représentation de gala. James Roy et les amis d'Alice occupent la grande loge d'honneur, en compagnie de M. Roberto, complètement remis de ses blessures.

Pendant le spectacle, Bess se penche vers sa cousine.

— On se croirait dans un conte de fées ! s'enchante-t-elle. Alice a été incroyable dans cette affaire !

— Elle a été magnifique, convient Marion. Mais elle aura bien d'autres occasions de montrer son talent, et je suis même prête à parier que ça ne tardera pas !

La soirée est merveilleuse. Tous les artistes de la troupe se surpassent, et Alice exécute son numéro avec une aisance et un brio qui la surprennent elle-même.

La représentation terminée, les amis de Lolita et de Pedro restent à leur place. La cérémonie du mariage se déroule sur la piste, sous le flamboiement des projecteurs, et lorsque les jeunes mariés se retirent, au son de la marche nuptiale jouée par la fanfare, leurs camarades leur font une haie d'honneur.

Une collation a été préparée sous la tente voisine, et lorsque Alice retrouve Lolita, quelques instants après la cérémonie, la jeune femme s'avance vers elle, radieuse. Levant son poignet où brille le bracelet d'or de Lola Flanders, elle dégrafe le fermoir.

— J'ai retrouvé le sixième cheval dans les affaires de mon père, le bracelet est maintenant complet. Il est à toi, Alice, dit-elle. Tiens, reprends-le.

— Non, Lolita, je veux que tu le gardes. Ce sera mon cadeau de mariage. Qui le porterait mieux que toi ? Il appartenait à une reine et le voici aujourd'hui entre les mains d'une autre reine.

— Qu'est-ce que tu veux dire ? s'étonne la jeune femme.

— Lolita, la reine du cirque !

Quelle nouvelle énigme

Alice

devra-t-elle résoudre ?

Pour le savoir, regarde la page suivante !

Alice doit faire face à un nouveau mystère...

Dans le 14e volume de la série

Alice et le talisman d'ivoire

Sur le quai d'une gare, Alice et ses amies rencontrent la troupe du cirque Hemmer. Les jeunes filles sont choquées par la brutalité d'un cornac hindou envers son fils, le jeune Soya. Pourtant, l'homme offre un étrange talisman d'ivoire à la détective, lui assurant qu'il a des vertus magiques... Alice est intriguée. Aussi, quand Soya s'échappe et se réfugie auprès d'elle, la jeune fille décide qu'il est temps d'enquêter ! Et elle découvre vite qu'un mystère entoure les origines du jeune garçon...

Les as-tu tous lus ?

Alice et le chandelier

Alice et les faux-monnayeurs

Alice et les diamants

Alice et le diadème

Alice au ranch

Alice et la pantoufle d'hermine

Alice au bal masqué

Alice et le violon tzigane

Alice et le carnet vert

Alice et le médaillon d'or

Alice chercheuse d'or

Alice écuyère

Alice à Venise

Alice et le cheval volé

Alice au manoir hanté

Alice chez le grand couturier

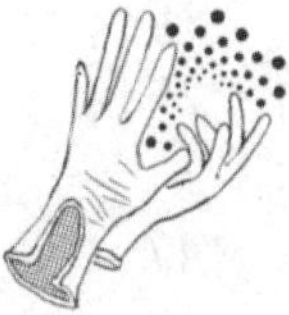

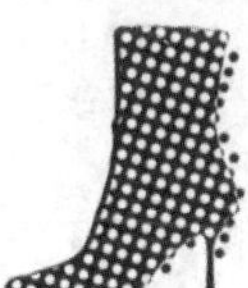

Table

Composition Jouve – 45770 Saran
N° 835818S

hachette s'engage pour l'environnement en réduisant l'empreinte carbone de ses livres. Celle de cet exemplaire est de :
800 g éq. CO_2
Rendez-vous sur www.hachette-durable.fr

PAPIER À BASE DE FIBRES CERTIFIÉES

Imprimé en Roumanie par G. Canale et C.
Dépôt légal : juillet 2007
Achevé d'imprimer : février 2013
20.20.1450.4/06 – ISBN 978-2-01-201450-3

Loi n° 49-956 du 16 juillet 1949
sur les publications destinées à la jeunesse